你别离开

[葡萄牙]大卫·马查多 著

杨阳 译

图书在版编目（CIP）数据

你别离开 /（葡）大卫·马查多著；杨阳译. —南京：江苏凤凰文艺出版社，2022.1
ISBN 978-7-5594-5611-3

Ⅰ.①你… Ⅱ.①大… ②杨… Ⅲ.①长篇小说—葡萄牙—现代 Ⅳ.①I552.45

中国版本图书馆CIP数据核字(2021)第231472号

你别离开

[葡]大卫·马查多 著 杨阳 译

出 版 人	张在健
责任编辑	唐 婧
装帧设计	徐芳芳
责任印制	刘 巍
出版发行	江苏凤凰文艺出版社
	南京市中央路165号，邮编：210009
网 址	http://www.jswenyi.com
印 刷	苏州市越洋印刷有限公司
开 本	880毫米×1230毫米 1/32
印 张	6.125
字 数	99千字
版 次	2022年1月第1版
印 次	2022年1月第1次印刷
书 号	ISBN 978-7-5594-5611-3
定 价	55.00元

江苏凤凰文艺版图书凡印刷、装订错误，可向出版社调换，联系电话 025-83280257

我留在餐桌上给母亲的信很短,大约有四五行。有三次都提到了"对不起"一词,并说道:"我要走了。"我没有明说我可能永远都不会再回去了,也没有说明为什么我可能永远都不会再回去了。

凌晨三点钟。我的母亲仍在熟睡,她没有察觉到任何异样。我把一些衣物、装满音乐的 MP3、我奶奶圣诞节时寄给我的钱以及我叔叔在市区的住址,一并塞进了背包里。当我离开家时,我特意让门虚掩着、保持着微开的状态,因为门锁在关闭时会发出金属碰撞的咔嗒声。我知道如果我的母亲醒来并看到我半夜离家出走,她非但不会生气,还会跪在我面前,把手放在我的脸颊上,然后紧紧拥抱我。之后,我肌肉中蕴含的勇气就会如烟一般消散,我将再也无法逃离。因此,不发出响动是极其重要的。

夜晚的幽暗笼罩着一切：山丘、山谷和磨坊，还有我们整个农场。我顺着房屋后的小路走下山坡，屋舍好似在一片漆黑中悬浮着。我很清楚地记得我当时的想法：一切都会顺利的。

雷声在大气中撕裂,托马斯吓了一大跳。前一天就开始下雨,没过多久风也来了,大自然好像是在生气。托马斯自问:难道是他自己激怒了大自然?

街上行人三三两两。为了躲避恶劣的天气,一连好几个小时,托马斯都蜷缩在市中心的一栋建筑的拱廊台阶上。天色阴沉昏暗且狂风四起。入夜后,灯光和雨水混杂在一起,托马斯感觉建筑物、汽车和行人都变模糊了,好像它们即将要分化瓦解,然而天反倒没有那么冷了。相反,空气温热潮湿得就像八月的那个夜晚:他、他的父亲和母亲沿着山坡,穿过农场走到河边,他们躺在岸边的草地上,一起望着天空寻找流星。

"一切都不顺利。"托马斯想。

他身处离家两百多公里外的城市里,这里的一切都吓到了他:高耸的建筑物,轰鸣的喇叭声,人们严肃的面庞,当然还有他孤零零一个人。他疲惫极了,背部还隐隐作痛,而且困意也席卷而来。然而,闭上眼睛睡一觉的想法太可怕了。

一阵风吹过拱廊,他将脸埋进怀里,等着风停下来。当他终于抬起头时,竟有个陌生男人立在他面前。

那个男人大声吆喝着:"你们瞅瞅这是啥事儿!小孩儿一个人在这儿。这世界怎么了!噢!孩子,你不怕吗?"

那个男人穿着短裤、T恤衫和沙滩人字拖,在那样恶劣的天气下很是奇怪。他的头上倒扣着一个塑料袋,就像一顶帽子,好让他免受雨淋。那装扮使他看起来十分荒谬。托马斯蹦着站了起来。狂风狠狠地打在他的脸上,他很难睁开眼睛。

"我在等我的爸爸。"他说道,"他应该马上就到了。"

这是他提前两个晚上就已经准备好了的谎言,因为当他意识到自己将不得不独自在大街上过夜时,任何人都有可能靠近他。

那个男人俯下身来,吐露了真相:

"我觉得你有些害怕。我会跟你待在这里,直到你爸爸过来。"

托马斯之前并没有想到过任何办法应对此情况。突然,他意识到自己必须迅速采取行动,否则情况可能会变得更复杂。

"不用了。"他说,"我不等他了。其实,我是要去找我爸……我知道他在哪儿。"

"不要胡说八道,小孩儿。你没发现你正身处这恶魔般的风暴里吗?他们说天气状况还会变得更糟的。"

托马斯心想:"我现在必须离开这里。"

他拿起了背包。

那个男人迈出了一大步,刚好挡着他的道儿。

"小子,你知道我是怎么想的吗?我觉得你应该跟我走。"

"不,我不想。"

托马斯听到自己的声音在潮湿的夜空中渐渐扩散开,并广而告之着他切身感到的恐惧。那个男人也听到了,还微微笑了笑。随后,他又逼近了一点,托马斯闻到了大蒜和葡萄酒的味儿。他向后退了一步,背部紧贴在墙面上。很显然已经没有逃跑的空间了:那个男人太大了,托马斯不可能有力气推倒他。托马斯顺势低下头,刚好看到那个男人脚上的沙滩人字拖,就在下一瞬间,他迅速抬起一条腿,用全身的重量踩在了那人的脚趾上。那个男人尖叫着向后退了一点。托马斯敏捷地摆脱了他,但几乎在同时,那人伸出了手,一把拉住了他的背包。

托马斯感觉被什么东西拉拽着,他晃动着身体极力挣脱。背包的背带顺着他的手臂滑了下来,留在了那个男人手中。托马斯奋力狂奔:他一次连跳两级台阶,逃离了拱廊;然后像闪电一样,在滂沱大雨中横穿马路。

为了夜晚那个时间点在路上不被看到,我沿着山丘走了六公里才到了小镇。早晨我坐上了第一班大巴车。两小时后,我在另一个村庄下了车,又换乘了另一辆大巴。我一整天都在上车和下车中度过。当我到达城市时,天色慢慢暗了下来。

第一件不顺利的事情:我叔叔不在家里。他的一个邻居看见我站在街上按门铃,就告诉我说,他去旅行了。天空又开始下起了雨,她让我进楼里等他。那天晚上我就睡在叔叔公寓门外的台阶上,可是他始终没有露面,于是我便离开了。

第二件不顺利的事情:我不知道独自一人是那么痛苦。我之前自己也独处过:有时候,当我放学离校时,我会在回家前溜达到小河边,坐在岩石上,花近一个钟头的时间看着水流或者做做家庭作业。那时,独自一人,很好。我可以思考和感受事物,就好像这世界只为我一个人存在似的。独自一人在城市里却是另外一回事：这就像从悬崖掉落，可一直不跌至地面。每一条街上都有人，我的周围有成百上千的人，然而却没有人看着我，没有人跟我说话，好像我不存在似的。

但也没有其他办法，若我留在农场，情况会糟糕得多、危险得多。从现在开始，必须得这样：我必须习惯一个人。

第三件不顺利的事情：在通往城市的路上飓风降临。

一位女服务员面带微笑走近餐桌。托马斯也想以微笑回应,然而他并没那么做,因为他害怕:若她想知道在狂风暴雨的夜晚一个小孩儿孤零零的缘由,那就糟糕了。他点了一块杏仁挞还有一杯热巧克力。

"不错的选择。"服务员感叹着说道。

托马斯心想:"我可以向她寻求帮助。"可是,紧接着她又走开了,而刚才那主意也让他自己觉得很荒谬。

他坐在离咖啡厅大门最近的桌子旁,他是那里唯一的顾客。外面的雨已经停了,然而风却着了魔似的,开始向各个方向拖拽着垃圾和小树枝。

那位女服务员给他拿来了挞饼和热巧克力。他致了谢,等她转身离开后,才开始进食。因为那样她就不会意识到他早已饥肠辘辘。托马斯从一大早起就没吃东西,当他咬下第一口挞饼时,激动得想流眼泪。

"声音再放大一点。"另一位从厨房走出来的女服务员说道。

"他们只是在谈论糟糕的天气。"第一位女服务怼了回去。

"所以啊,再放响一点。"

在柜台上方的架子上,有一台小电视。屏幕上显示了该城市不同地方的图像,大风急雨已经对那些地区造成了破坏,有记录的洪灾就超过十处。随后,电视画面里出现了被关在动物园笼里的两只狮子。女服务员伸直了胳膊,按了一下按钮,调大了音量。

"……两日前,关于动物园动物走失事件,目前还未有任何线索,"主持人讲道,"警方正在抓紧调查,但由于即将到来的飓风,所有搜索都将会被暂停。"电视返回飓风画面,主持人继续发言,"当局承诺该市已全面部署好面对威胁的各项准备工作。同时,数以千计的民众已撤离家园,前往本国内陆地区。临海区域的主要交通干道已被阻断,民防部门发出针对留宿街头的高危险性警告,飓风预计将在接下来的几个小时内抵达本市。"

"孩子,"第二个女服务员说,"快点吃吧,我们马上关门了。这天气可不是闹着玩的,我们要回家了。"

托马斯看着第一个女服务员,等着她再次展露笑颜,可是她继续保持严肃。他快速吃完,立刻从口袋里掏出一些硬币,可是钱还不够付账的,而其他的钱统统都留在了背包里,和那个男人在一起。他回头看了看女服务员们:她们俩都目不转睛地盯着电视。他随即把硬币丢在桌子上,头也不回地跑出了咖啡馆。

主街道上,大风刮倒了几棵小树,吹掉了报刊亭四周的挡板。在不远的地方,一场小汽车和卡车的交通事故阻塞了部分道路,车辆在缓慢的队伍中前行。司机们吵吵嚷嚷着,好似在备战。

其中,有一辆车掉队了,于是小车行驶上了人行道,加速赶超其他车辆。好在托马斯及时跳开,那才避免了被撞到的危险。而那辆小汽车则继续疾驰,直至撞到一棵倒下的树。就在下一刹那,又突降暴雨,托马斯感到自己好像快被雨水淹死了,他快跑着离开了那里。

他穿过大街到了另一边,钻进了一条狭窄的街道。什么人也看不到。他觉得那样可能更好,因为他只需要找一处地方躲避就行。他一连走过了好几个街区,直到街道都被水淹没了。他已经湿透了——他潮湿冰冷的皮肤附着在湿漉漉的衣服下——黑乎乎的积水几乎淹没到膝盖,他感觉水里随时都会有怪物抓住他的脚。他把手伸进口袋,摸了摸手机,确定它还在。

自从他离家出走以来,就没有用过它。他的妈妈打了五十多次电话,发了三十多条短信。他之所以没有回复,是因为他不知道和她说什么;也不知道即便相隔甚远,是否就意味着安全。只是黑夜似乎没完没了,人们在电视里说飓风来了,而托马斯却只感到疲倦不堪。有那么一刻,他觉得如果他能听到母亲的声音,一切就都会好起来的。

他继续沿着那条被水淹没的街道奔跑,在靠前的位置,他发现了一家仍开着门的小型杂货铺。他走了进去。商店里很昏暗,仅在街道的对面,有一盏亮着的灯,然而灯光并没有穿透暴雨的力量。

"你好。"他喊着。

没有回音儿。也许有人砸坏了门,或者主人急忙撤离,忘记关门了。托马斯坐在收银机旁的柜台上,打开了手机。他在找母亲的电话。他认为他不必多说,仅需讲出只言片语好让自己感到镇定,少些恐惧。更何况他也无法说出自己在哪里。母亲几乎立刻就接听了电话,好像她猜到托马斯要打给她一样。

"喂?托马斯?"

他正要回答,但那时有两个人走进了杂货铺。即使在半昏暗的灯光下,他也能精准地区分出:他们是比自己年龄都稍长一点的一个男孩和一个女孩。

"把手机拿过来。"那女孩平静地说道,就如朋友们聊天一样。

托马斯感到身体僵硬,几秒钟之内,他们三个都安静了下来,就好像在进行一场比赛。

"托马斯？你在吗？你在哪里？"母亲在他的耳边问道。

那个男孩向他迈出了一步。

"你别让她再问你一次,小屁孩。"他警告说,"她不会喜欢那事儿发生的。"

"怎么了,托马斯？谁在你旁边？"母亲在电话里大喊。

突然,就像马戏团的表演一样,有把刀出现在那女孩的手里。

"他是对的,"她说,"我确实不喜欢话说两遍。"

她的笑容既美丽,同时又令人恐惧。托马斯像只猫似的跳到了柜台后面。

"我需要手机。"他结结巴巴地说。

那男孩俯身靠在柜台上,一把抓住了他的手臂,但是托马斯转了个身,挣脱了出来,直奔向大门。那个女孩挡在了他的面前,托马斯同样以猫一样机敏的本能,绕了过去,逃离了杂货铺。

雨和风晃动着他的身体、扰乱了他的方向。随后他看到:街道对面,在路灯的光亮下,一扇临近地面的、早已碎了玻璃的小窗户。他穿过了马路,将手机塞进了口袋里,然后躺在了湿漉漉的地上,先是把两条腿伸进窗户里。

当他看到刚才在杂货铺遇到的男孩和女孩朝他走近时,他正半挂在窗户旁,双脚正探着地下室里可以落脚的地方。

"把手机拿过来,小屁孩!"那女孩气急败坏地说。她那湿透的头发紧粘在脸颊上。

男孩弯腰准备抓托马斯,然而,托马斯顺势让自己滑进了垃圾、垃圾桶和饮料架之中。他并没有怎么受伤,几乎立刻就起身站了起来。那个空间是一个餐厅厨房的储物间。他正要从口袋里拿出手机,告诉母亲他还好,可是那时他看到了男孩已经把头伸进了窗户里。

"小屁孩,我们受够了,后果会很严重的。"

托马斯不确定那个男孩能否穿过窗户。即便如此,他翻转了一下身体,穿行在黑暗的地下室之中,他的脚下总被有些看不清的东西磕绊着,而在托马斯的身后,他听得到男孩掉进垃圾桶里的声音。

大楼的楼梯后就有一条走廊。他一次跨两级台阶跑上了楼。他的想法是从一楼逃出那栋建筑,但转念一想:也许那个女孩正在那里等着他呢,于是他继续爬楼。他什么也没看见,有那么一刻,他已经数不清到底爬了几层。

四层,应该是的。也许是五层。那个男孩仍紧随他身后,他的脚步声听起来就像落在木台阶上的鼓点儿。而后,突然之间,竟没有台阶可上了,托马斯撞到了墙。他已经到顶层了。他在黑暗中摸索着,寻找出路。在下面几层的男孩呼喊道:

"小屁孩,放弃吧。迟早我们会抓住你的。"

托马斯聚精会神地盯着他的手指。他不能让自己被抓住,不能。他已经失去了装满衣服、食物和钱的背包。如果他再没有手机的话,事情将会变得非常麻烦。

终于,他发现了一扇铁门。然而,就在下一瞬间他也发现了一把厚重的冰冷的锁。他竭尽全力弄开了它。大门通向大楼顶部的露台。外面的整个世界都被狂风包围了。托马斯担心一阵强风会把他吹向空中,随后他听到了有声音从他身后的楼梯上传出,于是他赶快离开了那里。

他关上了门,但他无法将门锁上,因为门的外侧并没有锁。暴风雨就悬停在城市的上空。托马斯不确定那是否已经可以称得上是飓风了,他难以想象还会有什么变得更糟糕。他看了看四周。有一条散落在地上的木板,一些旧砖头和一个被切开两半的大桶。于是,他把大桶拖到门边,并且开始用砖块填满它。几乎同时,他感觉到了门上的第一下猛烈撞击,大桶也随之滑离了几厘米。托马斯不寒而栗。当他意识到大桶已经重到不可能被移动时,才停下来,不再扔砖头进去了。

在门的另一边,那男孩像头勇猛的公牛,继续撞着门。

"开门,"他咆哮道,"你只会让事情变得更糟。"

"我们只想要手机。你回到家,你爸会再给你买一个的。"

托马斯默不作声,他四肢并用,好让自己不被大风吹走,并一点点地远离了那扇大门。在露台的尽头,有一块锌皮覆盖的狭小空间,他坐在那儿眼睛一直盯着那扇门,那门时不时地发出被男孩敲打或踢踹的响声。

当那男孩终于停了下来,整个世界就只存留了狂风的呼啸声和似乎从地球内部传来的深闷的轰隆声。暴风雨就好像是一种活泼、看不见且易怒的生物。有不同大小的物体在四处乱飞:衣服、树枝、瓦片、天线、鞋子、纸盒、报纸、书本。托马斯知道,狂风迟早也会把他带走的。他继续听着动静。他们很可能已经走了。即使那样,托马斯也不敢挪开大桶去确认他的想法。

"我应该把手机给他们的。"他想。

他从口袋里掏出手机:电话还未挂断。

"喂?"他把手机贴紧在耳边。

"托马斯?托马斯?发生了什么?"

"妈妈？"

"托马斯，你在哪儿？"

母亲在哭，他也感到了泪水充满了眼眶。

"对不起。"

"你在哪儿？我去接你。你告诉我你在哪儿。"

"对不起。"

"你不用道歉，亲爱的。你告诉我你在哪儿，我去接你。"

"我不知道。我在一栋楼里，在楼顶。现在在下雨。"

"在楼的哪里？暴风雨就要来了。我们没有太多时间。"

托马斯犹豫了一下，随后恐惧感占领了高地。

"在城市里，"他坦白道，"在城市的一栋楼里。"

隔了那么一小会儿，母亲什么也没说。

"托马斯！"她终于大叫，"你在城里做什么？你必须马上离开那儿。"

"门是关着的。"

"托马斯，听着，给自己找个遮风挡雨的地儿，然后等着……"

她的声音突然消失了。

"妈妈，喂？妈妈！"

托马斯看着他的手机：电话打断了。他尝试再打电话过去，但徒劳无功，好像信号无法穿过狂风暴雨。他感到胸口一阵心悸。飓风很快就会把他卷到天上的，他只想和他的母亲多聊一会儿，就一会儿，便足以告诉她：她没有做错任何事，那不是她的错，他才是应该为那一切，甚至是这场暴风雨负责的人。

他的头顶上，层层叠叠的乌云密布天空。雨更猛烈了，风好像已经超自然了。托马斯意识到锌皮已经没有了，已经被风撕掉了，仅存了一根细细的铁柱强撑着。风声无休无止。托马斯知道自己没有太多时间了，他紧紧地抓住了铁柱。

一分钟过去了，他仍觉得狂风在拉扯他的腿，他明白仅靠铁柱是不够的。雨和风都吹进了他的眼睛里，整个世界似乎都对不上焦。周围没有什么可固定的，只有几块砖头和一块木板。

他闭上了眼睛。

"我可以用裤子把自己绑起来。"他灵机一动。

托马斯把手机放在了外套的口袋里，然后脱下了裤子。随后他背靠铁柱，把裤子绕到铁柱的后面，两腿分别在铁柱两侧，然后在胸口的位置打了个双结，把自己绑在了铁柱上。

在接下来的几分钟里，暴风雨变得越发猛烈和响亮，而且轰隆隆的雷声也四下响起。托马斯感觉到自己的身体从地板上被抬了起来，裤子的面料被绷得紧紧的，但依旧固定着他。

就是这样，飓风初袭了城市。

我知道我并非坏人。然而,却由于我自身的缘故,坏事儿总会发生。父亲去世两个月后的一天,我问母亲是否觉得有可能:一个人只要靠近另一个人就会伤害到对方。"我没明白你的意思。"我母亲用她在兽医诊所时使用的腔调说道:"你给我举个例子。"我说:"你想象一下,如果有个人接近我,然后坏事儿就极有可能在那个人身上发生。""坏事儿,比如?""坏事儿:疾病,事故,死亡。"她一直坐在厨房的柜台上,吃着一碗麦片粥。她放下了碗,跳了下来,向我迈了一步。"你的意思是如果我这样做了,我就会有危险?"她笑着说,然后她又向我迈近了一步。"这样?"然后她拥抱了我,她说:"如果那是真的,我肯定会不知所措的,因为我不可能远离你啊。"

只是母亲还不知道父亲去世那天到底发生了什么,她不知道我有过错:"我不杀伯仁,伯仁却因我而死。"

疼痛感自远方而来,仿佛一块被缓慢抛出的小石头,徐徐地靠近,却突然变得飞快而强烈,就像一颗彗星恰好命中托马斯的胸部,并以强烈且无穷的波幅在他的身体中扩散了开来。

托马斯醒了。

他并没有睁开眼睛,也没有挪动身体。

沉默就是一切。托马斯觉得他也许已经死了,也许从现在开始,将空无一物。

然而,疼痛感变得更加具体,在他的左手上、头上、后背。他的脸贴在潮湿且坚硬的地板上,裤子的面料被绷得紧紧的,裹缠着他的肚子。

他睁开了眼睛。白色的晨光刺痛了他的眼皮,他又赶忙闭上了眼睛。

手上的疼痛不在手掌上,而是在手指上。也许是骨折了,也许是被风刮走了。

他再次缓缓地睁开了眼睛,他渐渐习惯了光亮,他看到了白白的静止的天空,他再次认为他已经死了。

他抬起了头,疼痛感也跟着一起在晃动。

他动了动手指头。虽然费了些劲儿,但似乎并没有骨折。

他直起了身体,背部也有几处酸痛感。他的皮肤冷冰冰的。

他解开了裤子的双结。

世界的喧嚣声与空寂交叠着。他已经没能力识别出单个的声音了,好像整个世界突然在讲另一种他听不懂的语言。

他还没死。

站起来就像是要穿过一堵墙般困难。微风夹杂着各种气味——潮湿的土地、燃烧的橡胶和汽油——吹拂着他的脸颊,那气味让他感到恶心,但也更加使他清醒。

地上到处都是垃圾:破烂的床垫、鞋子、衣服,两棵缠在一起的小树,各种东西的碎片。之前那些东西都没在那儿。托马斯想起了暴风雨,回忆起了狂风的力量、长达数小时的急雨,还有他在空中摇晃着的、撞击着地面和铁柱的身体。即便那样,似乎也不可能把那么重的东西带到他身旁。

托马斯打开了手机,可是却没有信号。恐惧比寂静更庞大,比疼痛和寒冷更猛烈。那时的恐惧与前一天的截然不同,那是一种由巨大悲伤激起的沉静而沉重的恐惧。那恐惧就如同六个月前的那个早晨托马斯所体会到的一样。当托马斯和母亲等着他父亲回家时,他们都清楚地知道,如果一切顺利的话,那个时刻父亲应该已经到家了。

"如果大风把整个城市吹散了怎么办?"托马斯想。

他越过露台,从顶层墙面望了出去。整个城市仍屹立在那里,尽管与之前不尽相同。许多建筑物都没了屋顶。黑烟四起,像巨蛇一样腾云驾雾,点点火光蔓延在城市的各个角落,最奇怪的是托马斯看到的所有街道都已成河,而且水流正慢慢拖曳着各种汽车和支离破碎的物体残片。

那座城市好像已经死了。

托马斯从大桶中取出砖块,然后推开了大桶,直到有足够的空间打开顶楼的大门。裤子还在他的手里,他凝视着楼梯上的黑暗,似乎在等待着那男孩和女孩的出现。然而,什么都没有发生。

他穿上了裤子,遍翻了到处散落的衣物,竟发现了一个棕色的女士皮包。包上点缀着一朵绿花,吊着一条金色的肩带,除了一个化妆盒和一副太阳镜,其他什么也没有。他用在垃圾堆里翻到的三个塑料袋包裹着手机,然后把每个袋子都紧紧地系了起来,并将其放入那女士挎包里。托马斯紧紧合上挎包,将包挂在肩上,并调节好了肩带,以确保它不会松动。然后他迅速走下了楼梯,穿过像是在燃烧着他的黑暗。

建筑物底层的中庭积水有二十厘米高。一瞬间,托马斯想象着那个男孩和女孩就潜在黑乎乎的水里,随时可能冒出来抓住他。他小心翼翼地挪动着双脚。他一打开门,就感到腿上有水流淌过,把他向外拉拽。他用力抓牢门框,以免被水流冲走。

他不确定自己是否真的想离开那里。

他不想,但他也不能留下。

几个月以来,我就像一匹被陷阱困住、拼命挣脱的狼,我不断地思考着一个问题:以前这种事情发生过吗?

这又让我想到了另一个问题。

是否有可能其他人因接近我而死亡?

能有多少人?

无论如何,这就是为什么我离开的原因。为了救我的妈妈,还有卡罗丽娜,以及我的朋友们。

但是总会有人处于危险之中。无论我在哪儿,坏事都将会发生。

积水齐腰高，而且非常脏，甚至都看不见刚被水面淹没一点的手掌。不知道是什么东西碰到了托马斯的腿。水流湍急，一刻不松懈，俨然汇成一条贯穿城市的急流。托马斯还记得在新闻中也曾看到过相同情形的画面——地球上的某个地方，洪水淹没的街道、田野，人们或在水中行走，或在小船、木板、简易的木筏上前行。然而，那些画面并未展示出所有情况。例如：气味。电视上不可能闻到垃圾味，整个世界都充斥着腐烂的气味。那些电视画面也未显示的另一件事是：在水中行走的人们的想法。他们为什么从一个地方搬到另一个地方呢？为了安全？为了食物？

"我到底要去哪里啊？"托马斯想。

他早就开始沿着街道爬坡，一边逆流而上，一边心里还盘算着：所有的水都流向了大海。如果他朝反方向走的话，最终会到达最高点，然而那个最高点并不是一个确切的目的地。就算托马斯走到了干干的土地上,那么接下来他要去哪里?另外,还存在另一种可能性:水流来自海洋。如果是那样的话,他前进的方向就是错误的。

为了不被洪流拽走,他扶着墙壁、抓着停靠在路边的汽车艰难前行。时不时托马斯会看到树干、超市手推车和其他漂浮物,然而一个人影也看不到。飓风到来之前,也许所有人都已经撤离了,也许他们淹死了或被狂风卷走了。

他想到了有可能再也走不到一片干干的地方,他想象着整个世界都被大水淹没了、洪水没过每一寸土地,人们将被迫在船上生活,除了吃鱼,别无其他。那个想法像发烧一般填塞在他的头脑里,托马斯忍不住流下了眼泪。

他停了下来。他想看到除他以外的其他人,他想确定他并不是孤零零的。

"别哭了,"他想,"别哭了,快想想办法。"

他之前从父亲那里学到了这一点。

有一天,他和他的父亲在河里钓鱼,他的小手紧紧握着鱼竿,当时托马斯有六七岁的样子。那个夏天温热潮湿的空气、水面上嗡嗡的蜜蜂和黄蜂,汇成了一个魅力四射的下午。托马斯说了些什么,然后他的父亲又回应了什么,之后托马斯就捧腹大笑。父亲将手指放在嘴唇上示意他们必须保持安静,否则鱼儿都会被吓跑的。托马斯的一只手从鱼竿上移开,他用手捂住嘴巴掩住笑声。然而,当他再次伸手抓鱼竿时,他感到手指上钻心的刺痛,被蜇的疼痛伴着从肺部逸出的空气,就好像他的手上中了一枪。托马斯的哭声打破了徘徊在河面上的静谧,他把鱼竿弃置水中。父亲跪在地上,双手放在托马斯的胸膛上,仿佛变魔术一般,让氧气再次充满托马斯的肺部。

"你被蜜蜂蜇了。"父亲说,"你瞧!"

他指着地上:"蜜蜂死了。"

托马斯感到手指周围的疼痛逐渐加剧,皮肤也变得滚烫滚烫的。他大哭了起来。

父亲说:"别哭了,托马斯。"

可是,痛感远比父亲的声音还强烈,他感觉与父亲相距好远好远。

"别哭了。"父亲用平和的声音重复地说道。

托马斯感觉自己正跌入漆黑的空间,然后突然之间,父亲双手托举起他的头,并且那时父亲说的话也变得清晰了起来。

"一只蜜蜂蜇了你,我知道很痛。可是哭并不能解决任何问题,因为在哭泣时,你无法思考解决方法。而当你没有想到解决方法时,疼痛仍会继续,所以,别哭了。"

托马斯抽泣了两三下,然后停了下来。

从那时起,他就是那样做的,但并不总是有效。

"我要去哪儿?"他又想了想,随后继续在没过腰部、泥泞的水中前行。

他没有找到答案,他只知道他不能待在原地,于是他擦干了眼泪,继续前进。

他又往前走过了几个街区,小街和一条宽阔的大街交汇了。那边的洪水更加湍急,大街中间甚至形成了涡流。托马斯想要爬上高处,就像他在电视里看到的那样,然后再跳到另一边。那个主意还挺吓人的,但也许那是他唯一的出路。

"小屁孩!"他听见有人喊叫道。

声音从远处传来,被拉得长长的尖叫声立即被强烈的水声掩盖。托马斯停下了脚步,在大街上寻找那个大喊大叫的人。可是,一个人也没有人。

"小屁孩!"有人再次叫喊着,"在这!"

他看了看宽广的褐色水域、碎石堆积而成的小岛、缓慢移动的汽车、无方向的漂浮物。五十米开外,就在那条街河的中间,一个男孩正抱着一根柱子。托马斯立刻认出了他:他就是前一天追着他抢手机的那个男孩。

"是我的错。"他立刻说道。

但是,他感到了好几天都未感受过的释放和轻松:原来他不是飓风过后的唯一幸存者。

"救救我,"对方喊道,"我没法离开这儿。"

托马斯不确定那男孩在向他求救什么,但是怎么帮助他呢? 水流太急了,很容易被拖走的。

"我不知道该咋办。"托马斯说。

"啥?"那男孩大喊。

托马斯喊道:"我不知道该怎么办。"

那男孩气呼呼地用手拍打着水面。

托马斯在想:如果此时他离开那男孩,那么他会怎么样。也许,迟早会有人出现在船上或直升机上——他曾在电视上看到过类似的救援行动。如果当前急流在接下来的几个小时内消退并且水位下降的话,那么男孩自己就能离开那儿。可是,也有可能水流激增、水势凶猛,那么疲惫的男孩就会撑不住的,如果他放开了柱子,就会被淹死的。

托马斯无法离开。他不能让另一个人因他而死,即使那个男孩在飓风之下逼他留在了顶楼的露台上。托马斯不想报仇——他不是那种人。

"那女孩在哪儿? 她把朋友甩了,自己逃了? 还是她被飓风刮走了?"

"垃圾桶。"男孩一边喊,一边指着。

托马斯回过头,看到两辆汽车之间夹着一个大大的垃圾桶。

"我没法把它拽过去啊。"他喊道。

"你把它放到水里,我能抓住它。"

托马斯想象了一下垃圾桶漂向男孩的流动轨迹。为了做到那一点,他不得不远离建筑物,并且需要走到大街中间。

"小屁孩,快去把垃圾桶拿过来。"那个男孩再次喊道。

托马斯认认真真地点了点头,好像他确切地知道自己该怎么做,他好似一点也不惊慌。他走到了垃圾桶旁,打开了盖子,里面满满的都是垃圾袋和淤泥。托马斯倒空了垃圾桶。

"也许这会行得通。"他想。

他旋转了一下垃圾桶,好让垃圾桶的开口朝向水流的方向,那样它才不会被立即灌满水。他看着那个男孩,有一个疑虑托马斯尚未言明:那个女孩很可能藏了起来,准备随时去抢他。

"无所谓了。"他想。他顺手调整了一下放着手机的挎包的肩带,"是我的错,我得帮他。"

他把垃圾桶放在自己面前,迈出了几步。立刻,他感觉到了巨大的冲力撞在了他的双腿和垃圾桶上。如果托马斯离建筑物太远的话,他可能无法承受水流的力量而会被冲走。他再次看着那个男孩。他更精确地计算了垃圾桶必经的轨迹以及准确的丢弃位置,他得比他之前估算的走得再远一些才行。

他又向前挪了几步,水流已经淹到了他的胸口。更糟糕的是,水里面有个东西击中了他的双腿,那使他一下子失去了平衡。然而,他始终没有松开垃圾桶。托马斯被水流冲出去好几米,直到他设法再次将脚踩在了地上。

他深吸了一口气。

"我可以的。"他想。

但与此同时,一截粗树干浮游在水面上,猛地从他的侧面将他撞倒了。

托马斯松开了垃圾桶,挣扎着晃了晃双脚,努力寻找着支撑点。他感到自己的身体在下沉,湿透的衣服原来如此沉重,将他往下坠。他奋力挣扎着求生。托马斯环顾四周:他没有看到垃圾桶,但是他已经非常靠近那个男孩了,几乎都能碰到他了。

他全力以赴地游着,并向那个男孩伸出了手,男孩也伸出了手去抓他。他都已经感到了男孩的手指在自己的掌心划过,但是水流的劲儿更大,他无法抓住那个男孩。

"对不起,小屁孩,对不起。"

托马斯听到了他的喊叫声，但同时，急流把他、树木、汽车连同垃圾一起冲向了下一条街。之后，突然间，托马斯的力量耗尽了。他停止了挣扎，随即感到了水流和泥浆吞没了自己的身体。

他仍紧紧地抓着挎包。

他想："我要淹死在这座城市中心了。"

父亲教过我关于本能的一切。他相信身体本身带有智慧,并用胃、心脏、肌肉来决定重要的事情。他笑着说,几乎我每次用脑袋思考都会事倍功半,可我不明白如果不用头脑思考的话,那能用什么思考呢。然而,当我们两人穿过农场周围的树林,进行探险时,他就是这样跟我说的。我们漫无目的地前行,直到我们停下来,才去安静地观察树木、鸟类和阴影,我们就像没有武器的猎人。

父亲在一个大雾的早晨去世了。他从马上摔了下来,磕在石头上。医生向我的母亲解释说,一切体征都显示他当时是立即死亡的。当然,这世界并不存在什么物或什么人能预言将要发生的事儿。

即便如此,有时我想也许是那天早上,当他离开家时,他自己已经知道会发生什么。他的脑袋也许不知道,但他的肺部、指尖或皮肤肯定有征兆。或许他嘴里有种奇怪的味道,他的膝盖松软无力;或许出现了某些迹象:黑鸟在天空盘旋,山坡上空气里弥漫着青草的味道,远处响起了小牛的哞哞声;或许他已经感觉到了它们的存在,并且绝对确定即将会发生的事情。即使这样,他仍决定出发,到山里去寻我。

片刻间,托马斯已被湍急的水流拖到了下一条街,他呛了好几口脏水,但仍挣扎着求生,托马斯觉得他会死。就在下一刻,仿佛全世界都想向他表明他的判断是错误的,一只手抓住了他的手臂,紧紧地抓住了他。

托马斯感觉到了那只手和急流之间的博弈,每一方都将他的身体拉向自己的那一边。他蜷缩着扭转了身体以此对抗水流的力量,就如蟒蛇一般,用自己的双臂缠在那只手上。他那时就在一栋建筑物的阳台正下面。他所在位置的水位已经上升得如此之高,以至于几乎要淹过楼房的二层了。抓住托马斯的是一位老人,他的胳膊和头从阳台的栏杆之间探出,那样才够得到水中的他。老人的面部都有些扭曲,并且呈现出一种强烈的欲望:一定要从狂怒的急流中"抢"走那个男孩。

托马斯握住了老人的手,立刻得到了喘息的机会。他抬起身来,抓住了阳台的栏杆,跃身进了阳台。他瘫倒在地板上,气喘吁吁的。老人开始放声大笑。

"我以为我谁也'钓'不到。"他感叹道,"你是自今天太阳升起后第十六个被冲过来的人。你真幸运,孩子。其他人都没能离我那么近,况且我也不想冒被冲走的危险。我才不要当英雄呢,你明白吗?"

"谢谢您。"托马斯气喘吁吁地说道。

老人起身都有些困难,当他好不容易站了起来,托马斯才发现那老人家比刚才他看到的样子还要苍老,满头银发,还有爬满脸庞的深深的皱纹,看起来就像是刀子造成的伤口。

"你不用谢我。"他接着说,随即从阳台走进了房间,"听我说:你很幸运,仅此而已。你去擦擦干。饿吗?"

托马斯站了起来。他确保没有水进入他存放手机的塑料袋里,然后他望向大街上浩浩荡荡的水流。从阳台的角度他没法看到刚刚那个向他求救的男孩。

"也许他抓住了垃圾桶。"他想。

但更有可能他仍在汹涌的洪流之中抱着柱子。他可能一直困在那里,直到筋疲力竭然后被水流带走。也许他不像托马斯那样幸运,也许没有人会抓住他,而他最终会被淹死。

托马斯咬住了嘴唇,直到咬疼了自己。"一切都是他的错"这一想法就像数学方程式一样确切无疑。

公寓里一片漆黑,但还是可以瞟见厨房里物体的轮廓,似乎没有一件东西摆放在它应在的位置,一切都杂乱不堪。他怀疑到底是飓风造成的,还是一直那般。此外,地板上还有一层薄薄的积水。

"我可以用一下您的电话吗?"托马斯问道。

老人指着柜台上脏盘子之间的电话,"你可以试试,但昨天起就没有信号。"

托马斯用冰冷的颤抖的手指拨着母亲的电话,他把听筒放在耳边,然后静静地等待。如果母亲接电话的话,他都不知道该说些什么。事实上,他只想听听她的声音,仅此而已。他等了近一分钟,但只有那刺耳的、掩过屋外的水流声的死寂。

"没事的。"他轻声地自言自语。

"我告诉过你的。我们现在没有信号、没有电、没有煤气,也没有水。我们好像已经退回到了史前时代。如果你看到一头猛犸象,也别惊讶。"

托马斯知道那是老人家开的一个玩笑,然而,老人并没有笑,他也没有。

老人一直用塑料袋套在双脚外面,那样他在房子里走动的话,就不会弄湿双脚了。托马斯也很喜欢那个点子。

他突然想到,如果他在那里待得太久的话,将会危及老人的生命。他又走去了阳台。天已经黑了,很快又会开始下雨了。托马斯盯着建筑物间奔流不息的褐色水流,他想起了他的母亲。

"也许她有什么事儿要处理。"他想。

"早餐已经准备好了。"老人道。

冰箱旁边有一张小桌子,上面堆满了锅碗瓢盆还有空无植物的花盆。老人把它们推向一边,放了一杯牛奶、两个餐包和柑橘果酱在桌子上。

"好的,"托马斯说,"我吃完就离开。"

老人笑了笑,肩膀也跟着抖了抖。

"你要去哪儿啊,孩子?你们现在这些小孩都不用脑袋思考的吗?你刚刚都快被淹死了,你还想再把自己丢到那水里?来,快坐下。"

托马斯坐了下来。他正想回答老人家,但他已经咬了一口面包,只能在咀嚼完后再开口讲话。

随后,他解释道:"我必须离开这里。"

"你住在哪儿?"老人问。

"向北大概两百公里的一个农场。"

"往北走是不可能的,他们说接下来几天没法儿过河,我们必须得静守原地,等待救援。"

"他们?"

"广播突然停播之前,广播员今天清晨说了最后几句话。已经过了五个多小时了,广播里也只能听到电流声,好像大风也把声音刮散了。"

"可是我必须得出城。我在这里的话,人们会处于危险之中。"

"我不明白,孩子……"

托马斯看着那个老人,不确定他自己是否应该说出真相。最后,他说:

"是我。是我把恶劣的天气引到这里来的。"

"你在说什么啊?"

"是我。因为我在哪儿,哪儿就会发生坏事儿。"

老人笑了笑。

"我教你一个很久以前你应该已经学到的东西:你不是宇宙的中心,孩子。更确切地说,宇宙甚至不知道你的存在,这种恶劣的天气与你无关。"

"相信我。我一到这里,暴风雨就来了。"

"但是暴风雨不只是在这里啊,全国都受到了影响。"

"全国?"

"是的,有些小的城镇早已满目疮痍,有些地方看起来就像汪洋大海。"

"我的妈妈……"

"孩子,你甚至都不知道昨天和今天你家是否在同一个地方。"

"为什么不在同一个地方?"

"孩子,你注意到外面发生了什么吗?暴风雨几乎把一切都夷为了平地。大海倒灌进了陆地,河流泛滥,清水都变成了泥浆,而泥浆拖拽着汽车、树木甚至房屋。人们死了,整个城市都被水淹没了。啊呀,如果你想知道我的想法,我告诉你,我认为整个国家都已经被泥浆覆盖。你需要我的建议吗?感谢上天,让你活着待在这儿,等待救援把我们接走。如果你母亲在这里的话,她也会这么跟你说的。"

托马斯沉默了片刻,他琢磨了一下他纠结的想法。一方面,如果飓风已经到达了农场,并且泥水把房屋都冲走了的话,妈妈很可能处于危险之中,而他飞奔回家去帮助母亲的冲动就如一场新的飓风般强烈;另一方面,他必须远离母亲、远离那间厨房,还有城市,去寻找一个远离一切的、无法伤害到其他人的地方。

"千真万确,"他最终说道,"如果我妈妈在这里的话,她不会让我就这么顶着水流出去的,可我妈妈她现在不在这儿啊。"

托马斯站了起来。他感到膝盖在微微发抖,疲惫感刺痛了他的双腿。

老人把双手合十在一起,仿佛是在祈祷。

"你脑袋瓜有问题吗,孩子?"

托马斯打开了挎包,他再次确认袋子是否密封好。

"至少可以等水位降下来再走。"老人建议。

"我不能这么做,我得走了,我必须试着过河。我在这里停留的时间越长,就越危险。"

老人耸了耸肩:很明显,在老人的脑海里,那番言论毫无逻辑。

"那么,等等,"他说,"有种更容易的方法可以帮你离开这里。跟我来。"

他站起身来,离开了厨房,打开了公寓通往大楼楼梯的房门。

"来吧。"他重复说道。

托马斯紧随其后。

在黑暗之中,他们爬了两段楼梯,穿过了一节很长的走廊,又下了几层台阶,打开了一扇门,又到了临近楼房的另一段走廊。他们随后又爬了很多的台阶,终于来到了一个中庭。老人推开了一扇通往街道的大铁门。可以确定的是,那里地势较高,因为那里的水位已经明显低得多了。

"沿着街向上走,"老人说,"当你看到大路时,右转然后一直往前走,直到看到河为止。那之后,我就不知道该怎么给你指路了,但是你可能不会走得那么远。"他苦笑着补充道,"不用担心我,他们很快就会来接我的。"

托马斯不知道他们是谁,但他点了点头。握住了老人的双手,感谢了老人家。随后,他便纵身跳到街上。

"祝您好运。"托马斯说。

"祝你好运。"老人回答。

羊儿在夜间逃走了,但是,直到清晨父亲才注意到这一点,他发现了一节被推土机不小心推翻了的栅栏。我父亲便立刻开始备马。羊儿若迷失在山丘里,并与羊群分开的话,那么它们会很容易成为狼群攻击的目标。我告诉父亲我要和他一起去,我的帮助会很重要的。他笑着说不用了,我得留在农场,并且在他没回来之前,照顾一切。随后,他骑上了马,朝树林里奔去。

城市的那一区域，水位并没有上升太多，但是街道上已覆盖了厚厚的泥土、翻倒在地的汽车、被连根拔起的树木、破碎的墙壁和各种垃圾。托马斯走起路来都很困难，他有种并未在前进的感觉，仿佛那个城市并不想让他走出去。

那里熙熙攘攘有人在走动着，但没有人停下脚步。因为让双脚陷进泥泞之中、困在某个地方，那绝不是一个好的选择；所以有必要挪动起来，不停地踱步，好像在寻找某物或某人。

一个女人靠近了托马斯，托马斯并没有停下来，她便跟了上来。她给他看了一张照片：一个比托马斯还年轻的小男孩，长着金色的头发，大大的眼睛，微露牙齿，面带笑容。

"你看到过他吗？"那个女人问，而她的声音在颤抖。

托马斯觉得照片里的小孩儿很可能已经死了。

"没有。"他回答。

"你确定?这是我儿子。"

托马斯停下了脚步,点了点头示意肯定。那个女人沉默地看着他,没有再进一步追问下去,她向他致了谢,然后远离了人群。

托马斯想到了他自己的母亲也有可能在全国各地奔走,穿越泥泞的土地,向陌生人展示着他的照片。去寻找妈妈的冲动再次压在了他的胸口,可他不能回去。也许父亲错了,并非所有的事情都有一个解决方案。也许那些令人悲伤难过的事儿,就如当下,唯一的解决方案就是哭泣。

天又下起了雨,稀薄的冷雨在空气中悬浮着,托马斯觉得自己的身体在快速地失温。黄昏还未来临,但他不得不去寻找夜晚的庇护所。最重要的事儿是:他必须找到水。除了老人给他的牛奶之外,快二十四个小时了,他还滴水未进。他的身体好像灌了沙子似的,沉重极了。他走进了那些已被砸破大门的商店和咖啡厅,然而,货架上空荡荡的,所有商品都被洗劫一空。

他离开了那条街,随后又走入了另一条人流较少的街道。他穿过了几个街区,直到到达一条宽阔的、满是仓库的街道。在那期间,他还遇到了五六只狗,对着他使劲儿叫。托马斯以为它们会发起攻击,因为它们很有可能早已饥肠辘辘。然而,当他逐渐靠近又慢慢走开时,它们并没有叫。于是,托马斯继续前行。

此后不久,他发现了一家安着卷帘门的汽车维修店。门上有一个小洞,足以让他通过。他偷偷朝里面看了看,黑乎乎的,什么也看不清。他用力踢了踢门板,期待店里有人应和一声。然而,无人应答,于是,托马斯钻了进去。

那是一个空旷寒冷的空间。在最里面,有三扇落地窗,窗户的玻璃太脏了,以至于外面的光线都无法进入。渐渐地,他的眼睛适应了黑暗,已经能区分出几辆汽车的轮廓和机器、工具的阴影。他穿过修理间,他在架子上和工作台下翻找了好几分钟。终于,在一个高高的金属橱柜中找到了他想要的东西:六瓶蒸馏水。

他想起了一个几年前在农场工作过的男孩,那男孩根本静不下来,他满脸笑容,喋喋不休地谈论摩托车。另外,那男孩只喝蒸馏水,因为有那么一天,那男孩读到蒸馏水比自来水更纯净。当托马斯把那事儿告诉父亲时,父亲只是说:

"更纯净并不意味着更好。不管怎样,喝蒸馏水也不会致死啦。"

托马斯拧开了其中一瓶的瓶盖。他用双手捧着瓶子,短促且快速地吞咽着,即便差点儿被呛到,他也没停下来。

当他的肚子胀得发痛时,他才放下了瓶子。

他坐在一辆被卸掉了轮子的出租车引擎盖上,然后,他从挎包里拿出了手机,依然没有信号。他看了看时间——16:47——然后注意到指示电量的三节格子中只有一节亮着。为了省电,他把手机关机了,然后又把它严严实实地装进了袋子里。

他靠在出租车的玻璃上,闭上了眼睛。他的身体沉重极了,好像即刻要下沉到汽车的引擎盖里一样。一秒钟过去了,另一秒又过去了,随后他再次睁开了眼睛。如果他闭上眼睛一秒钟以上,他一定会睡着的,并且肯定一觉睡到第二天早晨。当然,那绝对是一个诱人的想法,可是他还不想那么早就停下来。毕竟离夜幕降临还有好几个小时,他想利用日光,走得越远越好。

他用手拎着几瓶蒸馏水,即刻就离开了修理间。托马斯手臂的肌肉有些紧张酸痛,他穿过一条小巷,一路北上。走过了几个街区之后,水位再次升高了,步行也变得吃力了。他的双腿感到无比的酸痛和疲惫。

"我就该待在车间里。"他沮丧地想。

他考虑了掉头回去的可能性,但是,照那样下去,他无法按原路返回,而且肯定会迷路的。

他决定在下一个街区扔掉其中一个瓶子。他尽可能地喝掉了一个瓶里的所有水,然后把瓶子顺手留在了路边的车顶上。

很长一段时间他没有遇到任何人。暮色已悄然降临,托马斯看到了两个男人从鞋店的橱窗里走了出来。每个人都捧着一摞七八个鞋盒。他们保持着平衡,并顺势瞥了他一眼。托马斯为了不让双脚陷入泥泞,加快了步伐。

其中一个男人大喊:"等等,小孩儿。我们可不能让你带着那瓶子走。"

托马斯考虑过逃跑,但他手里拿着瓶子,那已经使他疲惫不堪了。他逃不掉的,而且很容易就会被抓住。

那两人把盒子扔进了水中,逐渐向托马斯靠近。

"生活多么讽刺啊,"同一个男人说道,"我们周围有那么多水,结果咱俩快渴死了。"

"没事,"托马斯说,"你们可以拿去喝。"

那名男子仰头大笑。

"我们当然可以啦!是不是还得谢谢你的慷慨解囊啊。"

他从托马斯手里夺过瓶子,一举起来就开始豪饮。托马斯看着另一个男人。他的脸上洋溢着胜利的微笑,嘴巴的线条形成了完美的曲线。托马斯明白他们是不会把瓶子还给他了。

那名男子停了下来,换了一口气,然后再次将瓶口放到他的嘴唇边。

"你在做什么?"另一个男人愤愤不平地大叫,"这水不是你一个人的。"

那个豪饮的男人并没有停下来,佯装什么也没听到。在毫无征兆的情况下,另一个男人从他手中夺走了瓶子。先喝水的男人用一只手拉住了他,然而瓶子却掉进了与膝齐高的脏水里。

"该死的!"那个还未喝到水的男人吼着,像狮子一样扑向对方。

两人陷入泥泞之中,开始打斗,他们纠缠在一起的身体都被水淹没了。托马斯记起了电视节目《动物世界》中鲨鱼袭击海豹的画面。他慢慢地后退,以免引起那些扭打在一起的野兽的注意。随后,托马斯跳过了一辆停靠在路边的汽车,慌忙逃掉了。

托马斯蹚着与膝齐高的水,又穿过了几个街区。他感到肺部发烫、双腿发凉。当托马斯彻底听不到那两个男人的声音后,才停了下来。他爬上了一辆汽车,好让自己的双脚脱离水面,并作短暂休息。托马斯已经身处一条满是大房子的街道。那里的花园以前一定很漂亮,而现在却被洪水淹没了,到处都是垃圾和倒下的树木。水位都已经有门高的一半了。头顶上的天空渐渐变暗,很快黑夜便会降临。此外,空气也越发冰冷了。如果再开始下雨的话,托马斯会被冻死的。

他有两种选择:继续向前走,然后寻找遮风挡雨之地,或者找人帮助他,或者尝试此刻进入其中的一栋大房子。他琢磨了一分钟,继续前行并不是真正意义上的一个选项,因为他已经筋疲力尽了,而且全身酸痛。前一天晚上的伤口还在灼烧。托马斯站了起来,看了看那些大房子,正要选择一栋门窗破损的房子时,就在那一刻,他听到了低沉的金属声,像是轰隆隆的雷声。

他愣在那儿,仔细听着。

他又一次听到了同样的轰隆声,他不由得瑟瑟发抖。

那不是雷声,那更像是有人在踢车子。

空气中的光线微弱无力,而且凝结成了颗粒状。托马斯只能辨认出街上几辆汽车的轮廓,可是并没有东西在动啊。

敲击声再次响起,他意识到了是远处的一辆白色面包车,在昏暗之中晃了晃。

"面包车上有人。"他想。

然而他不能确定,因为有那么一段时间,车子并没有晃动。可是,没过一会儿,面包车又摇晃了起来,托马斯跳入水中,跑到那车子旁边。

他蹑手蹑脚地绕着面包车:前排座位上没有人,而后排没有窗户。他把耳朵贴在车后门的门板上,他只听到了城市的寂静。

突然间,好像车厢内有人在竭尽全力地踢门。轰隆隆的声音从里面猛地响起,托马斯吓得向后跳了一步。

他心生疑惑地问道:

"需要帮助吗?"

没有人回答,他试图打开门,然而,门已锁死。他离开了面包车,跳上了一栋大房子花园的墙壁。在昏暗之中,他穿行在垃圾和泥土之间。他翻了翻四处散落的垃圾,捡起了一些东西又放下了,最后他发现了一辆没有轮子的自行车。他拖拽着沾满稀泥的无轮自行车,一直拖到了墙边。他使劲儿把自行车扔过了墙,然后又把自行车拽到了面包车旁。

"我要开门了,"他大声说道,"我数数的时候,您使劲儿推哦。"

他抬起自行车,把本应该安装在前轮的部分卡在了门缝上。

"一、二、三！现在！"

托马斯用力拉着自行车,尝试打开门锁,好似勾住的部分是撬杠一般。但是,他的力量显然还不够。他保持那个姿势还没几秒钟,就感到了手臂和背部的肌肉发出的剧烈疼痛。他正要放开自行车,就在那时,面包车内发出碰击声。突然,车门被猛地撞开了,托马斯摔倒在地。

片刻之间,又恢复了寂静。托马斯不确定是真的安静还是他骤然失聪了。剧烈的疼痛就像是有人在猛晃着他的头,他意识到自己被自行车撞到了太阳穴。他感到冷冰冰的雨水拍打在身上,自行车倒在了他的腿上,面包车里有东西在沙沙作响。

车门大敞着,一只巨大的动物从面包车上蹦了下来,一头怪物像炸弹一样落在托马斯旁边的水里。那怪物跟跟跄跄的,最后终于设法保持住了平衡,它用它那与黑暗混淆一体的目光直直地盯着托马斯。

托马斯望着那只怪兽,吓坏了,他根本无法起身逃跑。直到托马斯意识到那不是什么所谓的怪物,而是一头犀牛。

除了在书本和电视上,托马斯从未见过犀牛,但是毫无疑问:它的耳朵像野兔一样尖且有凹陷,它粗壮的脑袋尽头有一个扁平的鼻子,在上面还有一只小角。那是一只幼崽,它身体的一部分都被水淹没了。至少它比托马斯印象里的犀牛要小得多。

"也许它是头矮犀牛。"他想,然后他立刻又纠正了自己,"不,它是头幼崽,是头小犀牛。"

那只动物安静地看着他,仿佛它希望托马斯动一动,那样也好进行研究和攻击。

托马斯听到他身后有微微起伏的水声传来,小犀牛也听到了。它抬起了头,猛地向前顶了一下,托马斯战战兢兢的。然而,它又朝一旁抖了抖身体,随后奔向了下一条街,几乎立即消失在黑暗之中。

它踩在水上的踢踏声久久未散。当寂静再次回落在街道上时,托马斯转身看到一个人,就站在他发现自行车的那栋房屋的门口。

"小屁孩,"那男人缓慢而愤怒地说道,"我不知道你为什么要打开车门,你就不该那么做。"

"那……那是头犀牛。"托马斯结结巴巴地说。

那个男人缓慢地走过水面,走近托马斯。他穿着深色皮大衣,戴着一顶帽子。

"是的,但它不是你的,你就该老实待着。"男人望向黑暗里那头动物消失的方向,并补充说道,"现在,你得帮我把它找回来。"

托马斯站了起来。

"我不知道那是头小犀牛。我以为有人被困在面包车上了。我只是想帮忙。"

那人从口袋里掏出并点燃了一根香烟。他一边不停地踱步,一边愤怒地摇头。

托马斯还没有从那头犀牛的惊吓中恢复过来,但那一刻,那男人的脸似乎比任何野兽都要可怕。

"你就该老实待着,"那人重复说道,"没有人要你帮忙。现在,立刻上车。"

我父亲独自一人在树林里度过了一整天,直到黄昏才回来。因为没有找到羊儿,他感到十分疲倦和沮丧。他说第二天早上还会再出去,尽管他已经对找到活着的羊儿不抱太大希望。

我们共进了晚餐,不一会儿,就都上床睡觉了。我等着他们入睡后,起床穿好了衣服和靴子,走进了夜深人静之地,去寻找丢失的羊儿。我真的很想告诉父亲我已经准备好了,他已经教会了我一切我应懂的知识。

那个男人驾驶着面包车,仅用一只手握住方向盘,而另一只手从他的外套口袋里掏出了一部手机,随后拨通了一个电话,然后静静等待着。

托马斯感到一股力量穿过了他的身体。

"这个手机可以用吗?"他问,"我需要给家里打个电话。"

那个男人从方向盘上把手移开,捂住托马斯的嘴。面包车慢了下来,但并没有完全停下来,在两个手掌深的水里沿着街道前进、继续顺着犀牛消失的方向缓慢移动。

"我们有麻烦了,"那个男人对接听电话的人说,"一个小屁孩把车门打开了……我在睡觉……你想让我做什么?水大得没法过去,所以我停了下来,找了个房子,就睡着了……是的,小屁孩看到了犀牛。它跑了……犀牛,不是小屁孩。是,它醒了……我不知道,也许我们给它的剂量还不够吧……好吧……好吧……你们找到老虎了吗?继续找。"

那人挂断了电话。

托马斯想起了他在电视上看到的有关动物园丢失动物的报道。

"那些动物没有逃跑,"托马斯说,"是你们偷走了它们。"

那个人没有回答,托马斯心想:"如果我打开门跳出去,掉进水里的话,相信应该也不会造成太大伤害。"

然后他又想到了街上的犀牛,根据那个男人的对话,还有可能存在老虎。也许还有更多的野生动物在那座被摧毁的城市中漫游。托马斯很害怕那个男人,但他也害怕再次遇到他曾碰过面的犀牛。此外,面包车的暖气已经打开了许久。他的衣服和鞋子都湿透了,身体也很冰冷。回到街上,再把双脚踩入水中,那想法让他身子打了一个冷战。

那个男人伸手打开了车里的手套箱,从里面掏出一只手电筒,然后,他把手电筒塞给了托马斯。

"打开它,照着外面。"他命令道,"如果你看到了什么,立刻跟我说。"

他们穿过黑暗、荒芜的街道。托马斯打开了窗户,检查着满是废墟的花园。毫无动静。那些大房子里没有人了。当水位攀升,面包车的底盘开始胀裂时,那个男人掉转了车头,往反方向开去。随即,他开上了一条人行道,停下了面包车。他挪动着身体,从座位后面拉出了一把步枪。

"来吧。"他一边说着,一边打开了门。

"我想留在这儿。"托马斯回答。

"小屁孩,你听不懂吗?我要把犀牛找回来,是你让它逃了,你得帮忙找到它。"

托马斯下了车。水流从他的膝盖划过,寒气落在了他的身上,立刻贯穿了整个身体。

"那之后,我可以回家吗?"他问。

"之后再说。现在拿好手电筒,这样我们才能看到要去哪儿啊。"

夜晚漆黑浓密,手电筒的光束没有力量撕裂黑暗。

"如果犀牛突然出现,我们可看不到它。"

"所以啊,你走在前面。"

托马斯鼓起了勇气。

"如果你聪明的话,那就该放我走。"托马斯说。

那人冷冷地笑了笑。

"你在威胁我吗?"

"不,但接近我,你并不安全。"

那个男人再次变得严肃起来,将步枪的枪管顶着托马斯的背部。

"快走,我们在浪费时间。"

他们前进得很慢,托马斯走在前面,那男人走在后面,他们尽量不发出响声,不拨动水流。手电筒的光束映射在水面上,最后像泡沫一样消融在黑暗之中。

托马斯预料得到:犀牛有可能在任何时刻从黑暗中蹿出来。那瞬间会很快,根本没有时间逃脱;甚至也许那动物在撞击他之前,他都不一定能看得到它。托马斯对那个男人说起了他的担忧。

"这种事儿是不会发生的。"他回答道,"手电筒的光只会吓跑它,不会引它过来的。"

"我觉得我们应该回到面包车上,等到早晨。在日光下,搜索就会容易得多。"

"我想你应该闭嘴了。"

然而托马斯一点也不想闭嘴。不知何缘故,他听到他的声音和那个男人的声音会多多少少有些帮助,会使他的焦虑感减轻一些。

"你们为什么偷动物?"他问。

"不关你的事。"

"我从来没有那么近距离地看过一头犀牛。"

"总会有第一次的。"

"它不是很大。"

"它还很小,只有一岁。也许更小。"

"它还是个幼崽。"

"是的,它是个幼崽。"

"那你打算拿它做什么?"

"小屁孩,你真烦人,你那么多问题,会把犀牛吓跑的。"

"你要杀了它吗?"

"不。"

"那你拿枪干吗?"

"这是一支麻醉枪。"

"你是要让它睡觉吗?"

"瞧,你还挺聪明的。"

"那,它睡着的时候,你们要把它带去哪里?"

"再说。"

"如果你们不打算杀它的话,要它做什么?"

"小屁孩,你还真固执。我们会把它卖了,能赚你爸一年都赚不到的钱。"

他们蹚过房屋之间的一条狭窄的通道,水位已经到了托马斯的腰部。窄道一直通向一个小广场,那里有座屋顶消失不见的教堂。他们停下了脚步,四处看了看。

"我爸爸去世了。"托马斯说。

那男人没有动,也没说话,一声都没吭。托马斯以为他都不在旁边了,没准儿黑暗吞噬了他。托马斯感到孤独无比,比过去几天中的任何时候都更孤独。最后,那个男人喃喃地说:

"对不起……是因为现在的飓风吗?"

"不是,是四个月前。他从马上摔了下来,头磕在了石头上。"

"真倒霉。"

"不,不是。"托马斯回答。

他们穿过小广场,沿着宽阔的街道继续前进。他们所在的区域地势最高,没有积水,只有泥土。他们加快了步速。关于父亲,托马斯想多说两句,但他害怕自己伤心,更何况是在与一个盗猎者共行的黑夜里,所以他又问道:

"你要把犀牛卖给的那些人,他们要犀牛做什么?"

"无所谓……"

"但我想知道。"

"好吧。那些人会把它扔到一片秘密的森林里,几乎是完全自由的。他们会保证它有水和食物,而且不会对它造成任何伤害。他们会让它长大。然后,当它成年了,力量和本能都磨炼到最佳的时候,他们就会追捕它。"

"为什么?"托马斯大叫,突然转过身来,将手电筒指向那个男人。

那个男人转身避开了光线,仿佛光线烫伤了他的眼睛。

"因为他们是猎人啊,这就是猎人该做的事啊。你知道,那是人对自然界的绝对统治。"

"你会让他们杀了它吗?"

那个男人仰面大笑。

"不存在我让不让的问题。我把动物卖给他们。之后随便他们怎么处置。"

"他们会吃了它吗?"

"我不觉得。"

夜间的寂静被远处木头劈开的声音打破了。那个男人停下了脚步,将手放在托马斯的肩膀上示意他停下来。托马斯认为那响动应该是一棵树倒在篱笆上或者房屋上而产生的,但是他们再也没有听到同样的声音,所以两人继续缓步走着。

"我爸之前说过,一只动物只有在绝对必要的情况下才应该被杀死。"托马斯讲道,"例如,为我们提供食物。"

"那些人认为猎杀犀牛也是绝对必要的,尽管他们并不吃犀牛肉。"

他们俩又一次听到了远处的声音,这次是不清晰的嘶嘶声,好像一桌子的杯盘被掀翻在地的声音。托马斯想到犀牛就在附近的街上,且越来越近。托马斯不由得担心犀牛会对他们做些什么,但同时他也害怕那个男人会对犀牛做些什么。

"那其他动物呢?"他问。

"闭嘴,照着那边。"那个男人回答。

风刮得很厉害,到处残枝败叶。此外,其他难以辨认的声音也触碰着寂静。托马斯想到了鬼魂,并幻想自己被鬼魂包围着。随后,一切都发生得那么快。

在黑暗之中,某个非常靠近他们的地方,有个东西猛地撞到了汽车上。他们脚下的大地都微微颤了颤。漆黑一团的夜被搅动了起来。犀牛像个超自然的怪物一般出现在手电筒的光束里,朝着那男人奔去。他开了一枪,跳着躲开了犀牛冲击,然而犀牛再次消失在了黑夜里。

托马斯纹丝未动,呆傻在原地,吓得根本没做出反应。

"我打到它了吗?"那男人激动地询问道,"我打到它了吗?"

"我不知道。"托马斯结结巴巴地回答。

"快走,去抓住它。"

"我不想去,它会杀了我们的。"

那个男人将步枪从一只手换到另一只手,然后他从腰带间竟抽出一把手枪,并对准了托马斯。

"这可不是让你睡觉的。"他喊道,"小屁孩,谁让你蹚进这趟浑水了?你别无选择!快走!"

突然之间,托马斯只想回家去见他的妈妈,即使那样也很危险,即使坏事儿可能发生。可是,他就只想争取那么一点点时间,好让他感受到母亲的双臂环绕在他的身旁,并且听到她一贯平和而温暖的声音,缓缓地告诉他一切都会好起来的。也许他照着那男人说的去做了,并帮助他找回了犀牛,托马斯就可以回家了。

他拿起了手电筒,将其指向黑夜中犀牛消失的方向。

"快走。"那人重复道。

他们继续向前走着时,托马斯感到耳朵里仍回响着刚才的枪声——是那个男人开枪射击犀牛的声音——他的胸口忽地蹿起一股怒火。他并没有尝试压抑愤怒,相反,托马斯让它生长直至整个身体都充满了愤懑。那个男人错了:犀牛并不属于他。托马斯极近距离看到犀牛的经历,这确实令他恐惧,但他很高兴打开了面包车门,并帮它逃脱了。托马斯之前感到的恐惧竟渐渐消退了。

他们已经走到了另一条街上,手电筒的光线刺破了黑暗。托马斯意识到他们正走在一条狭窄的小路上,到处都是翻倒在泥泞中的垃圾桶,两侧则是高耸的墙体。如果他们不得不逃跑的话,他们只能向前或者向后。

"停!"那男人低声命令道。

托马斯停了下来。他把手电筒举得高了一点,光线扫过阴暗,就在街的尽头处,有一个影子动了动。

"那是什么?"那个男人问。

托马斯知道那是什么,但他不想说话。

"走近点儿。"那男人说。

托马斯看了他一眼,然后又看了看远处的影子。

"那啥也没有啊。"他喃喃道。

那人没有回答他,只是默默地举起了手枪。

托马斯倒吸了一口气,一步接一步地慢慢向前迈出。手电筒的光线搅动着昏暗的夜,光束的尽头就像一只闪闪发亮的眼睛。犀牛的头冒了出来,托马斯停了下来,他正要退后,但那男人的手顶着他后背,托马斯无法后撤。

"别晃手电筒,"他说,"它无处可逃了。"

的确是这样:在那动物的后面有一堵墙;这条路似乎在那儿就结束了。小犀牛待在原地,喘着粗气,温暖的呼吸沁透了寒冷,只有它的眼睛转了转,观察着托马斯的一举一动。

那人举起了麻醉枪。在那么近的距离,又是这么大的动物,很容易击中目标的。托马斯过去和他父亲一起去狩猎了好多次,那些经验足以让他了解那些。换作是他的话,也不会脱靶的。射击一只动物本身就是大错特错的,更何况是一只幼崽呢!

他的愤懑又蹿了出来,好像是在决斗。托马斯没有给对方射击的时间,他将手电筒的光对准那男人的眼睛,好让他目眩看不清。那个男人尖叫了一声,然后就在下一瞬间,托马斯关掉了手电筒。

黑暗重新笼罩了一切。

"你在干吗?"那人咆哮着。

有人被翻倒在地的垃圾桶绊倒了,也许是那个男人,也许是那头犀牛。

干瘪的、近乎无声的枪声击穿了黑暗。

托马斯知道那是麻醉枪的声音。他缩在身旁的墙根下。

另一声枪响,这一次像打雷一样响亮——左轮手枪的声响。

"快打开手电!它会杀了我们的。"那男人喊道。托马斯不作答,他安静而沉默地倚在墙上。一时之间,他听到的只是那男人失控的呼吸声。随后,那人的手像鞭子一样竟抓住了托马斯的手臂,"小屁孩,你以为我在这儿玩呢,快打开手电。"

托马斯挣脱了出来。然而,那个男人更用力地把他推到了墙上。

"快打开手电。"他再次命令道。

托马斯打开了手电筒,并将其指向小路。几乎同时,他看到犀牛仿佛挣脱了噩梦似的朝着他们的方向冲了过去。托马斯尖叫着,同时,那头犀牛压低了头,撞向了那个男人,又把那人挑到空中就像举起个玩偶一样轻松。

那男人在空中掠过,自由落体在一堆箱子中间。

托马斯继续靠在墙上,等待着犀牛对自己做同样的事情。

然而那动物静静立在那儿近一分钟。手电筒的光线照亮了它一半的身子,最后它竟悄悄地走开了,又一次消失在黑暗之中。

托马斯认为,它随时都有可能回来。然而,什么也没发生。他将手电筒对准那个男人:他趴在地上,胳膊和腿的姿势不太自然,托马斯没有看到麻醉枪和手枪。

"他死了。"托马斯想。

"你还好吗?"他战战兢兢地问。

没有答复。

他想迅速离开那里,但那人身上有他想要的东西。

他慢慢靠近那男人,用一只脚碰了碰他的腿。可是,他没有任何反应。托马斯迅速弯下腰,把手伸进那男人的外套口袋里,掏出了手机。之后,他飞驰如箭似的逃跑了,好似他一整天都还未走过路,身体的疲劳如幻影般消散了。

那天晚上,当我出去寻找羊儿时,天已经黑透了,如同一场噩梦。树木在我耳边窃窃私语,地面似乎也在缓缓移动,夜行的动物们追着我的脚步。

我并不害怕,因为我太了解那些灌木、野猪留下的脚印、每个动物的叫声、每棵松树的倾斜度以及每一块石头的位置。虽然周遭漆黑一团,可我所看到的一切,不是用眼睛而是用记忆力和本能完成的。如果我父亲和我在一起的话,他会为我感到骄傲的,我敢肯定。

"我不能停下来,"托马斯想,"他会追上来的。"

但他也不能确定该往哪个方向走。在他身后,只有四处都是黑乎乎的夜晚。

他打着手电走过了两三条街,然后决定把它关掉,因为他害怕人、犀牛或其他动物会发现他。托马斯逼着双腿快速地奔跑,躲闪着汽车、物体残片和各种大小的阴影。他也不能确定自己跑的方向是否正确,但托马斯必须得离开那片大房子的区域,并且远离那座城市。

"我不能停下来。"他又想,但就在他那么思考的时候,他还是因为疲倦而不得不停了下来。

他跪倒在泥泞中,早已筋疲力尽,浑身发冷。如果不快点脱掉那些湿漉漉的衣服的话,他很可能会生病,甚至因体温过低而休克。

他打开了手电筒,照了照四周,他正走在一条泥泞宽阔的街道上。他隐约看得出装着大窗户的低层建筑、仓库、工厂还有车间。远处,他听到了一声尖叫。或许不是尖叫,而是嚎叫或吼叫。更多的声音向他袭来:人声、音乐声、树木在风中的沙沙声还有枪声。他知道那一切很可能都不是真的,而是疲劳把所有的声音都塞进了他的脑海里。

"我必须离开这里。"他想。

他站起身来——每一个动作都让他感到疼痛和寒冷——随后,他走向了最近的一栋建筑。所有的窗户都破了,暴风雨把一切都刮破了。他没有顾虑太多,便从其中的一扇窗户进到了一间有书桌、柜子和电脑的房间。地板上积着一寸深的水,水面上漂浮着纸张和文件夹。两天前,那个房间应该是间办公室,人们还坐在办公桌前工作。他穿过了一条走廊,看到了几节台阶,便走了上去——把双脚抬离开水面的感觉就像在漂浮一样。他仔细检查了二楼的几个房间,直到他发现了一个没有窗户的小储藏室。那里面放着洗涤剂、扫帚、拖把、抹布、围裙和一堆压扁的纸板箱。小储藏室似乎是世界上最安静、最干燥的地方。

他脱掉了湿漉漉的衣服,穿上了六件围裙,一件套一件。他拿起一个巨大的纸板箱,如果可以的话,箱子里完全可以放得下一个冰箱。然后,他撑开纸箱,放在地板上。

之后,托马斯钻了进去,合住了纸箱的两扇盖板。他蜷缩着,等待着他的呼吸温暖周围的空气。随后,他从包里掏出了手机,开了机。他希望能有母亲的消息,但仍然没有网络。他又打开了从那男人那儿偷来的手机,也只有一点点信号。托马斯拨通了他母亲的号码。他听到了一个女性的录音,解释说道他正拨打的号码无法接通。他关掉了手机,也关掉了手电。

此刻,黑暗对他大有裨益:它让他的身体更轻盈、眼皮更沉重。

我找不到那两头羊。我寻遍了农场外的荆棘丛、小溪的沿岸、花岗岩巨石的缝隙还有灌木林。树木丛下的黑影太浓重了,我连我自己的身体都看不清了。我留意着每一种声音和每一道夜影。蝙蝠在我身边飞来飞去,猫头鹰自言自语地从一棵树上飞到另一棵树上。一刹那间,我看到了一头鹿——一头雌性的——正慢慢地走着,它并没有注意到我的存在。

当山间的天空渐渐明朗时,我才回到了家。我躺在床上辗转反侧,也许我永远无法让父亲知道:我可以帮他,我的直觉已经很敏锐了,并且我已经长大了。

那一刻,我并不知道父亲并不在他的床上。父亲已经出去了,不是去找那两头羊,而是去寻找我的。

托马斯感觉到父亲的手就放在他的肩膀上,他听到了父亲弹舌头发出的响亮的嗒嗒声。他笑了。

"这是蝙蝠的声音。"托马斯说。

父亲点了点头。即使蝙蝠在夜空飞行,父亲也看得到它。

然后父亲抿了抿嘴唇,吹出一段即兴的旋律。

"是猫头鹰。"

"对。"

那是一个古老的游戏:父亲发出树林里动物的声音,然后托马斯得猜测那是什么动物的。当然,玩游戏其实是为了获得正确的知识,但同时也是为了能听到他父亲嘴里的那些动物的声音。

父亲从他的喉咙里发出一阵声响,就像新生儿的哭声。托马斯不能确定:它可能是某种青蛙,但也可能是一只壁虎。

"是壁虎。"

父亲笑了笑。

他们默默地漫步。从他父亲的嘴里响起了像发动机一样声响的机械声。托马斯想了想,什么动物能发出那样的声音。最后,他终于想起来了。

"我知道了!是直升机。"他回答道。

下一秒,托马斯就醒了。

他四处摸索着,但看见不到任何人。他想迅速回到梦里、回到父亲的身边,和他继续做游戏。托马斯一动未动,躺在纸板箱里的幽暗之中。他已经不冷了,里面的空气又热又闷,几乎无法呼吸。也许那也算得上是件好事。

随后,他听到了远处传来的机械噪音。

"是直升机。"他想。

"对,是架直升机。"他回答出声来,好像他仍在和父亲玩着游戏。

他踢开纸板箱,跑出储藏室,爬上了楼梯,跑到满是空调外机的屋顶露台。白日的光线刺透了他的眼睛。直升机的声音更加响亮也更加清晰了,托马斯强迫自己正视如此洁白明亮的天空。他发现远处有一架直升机正划过天空,他跳到了一台外机上,举起了双臂。

"这儿!"——他喊道,"我在这!帮帮我!等等!"

直升机却没有偏离航线,朝着城市的另一边飞去,然后突然消失在最高的建筑物后面。

托马斯双臂悬举在空中,仿佛他相信直升机还会飞回来的。

"帮帮我。"他轻声重复道。

托马斯开始伤心地哭泣,但当他看到自己赤着双脚、只套着好几件围裙时,破涕而笑。

他看了看周围,那是一片工业区。从露台,他可以看到几条街道、仓库和工厂。再往远处是居民区:低矮的别墅、教堂还有公园;再往远处,视线的尽头是市中心还有切断了地平线的高楼大厦。在他的左边,离他那儿不远的地方,矗立着横跨河流的桥墩子,看起来一切如旧。如果他想回家的话,那里就是他的必经之地。

他想起了那个被犀牛撞倒在地的人。死了?虽然他对此并不完全肯定。无论怎样,都是他的错。他的存在,足以让那件事发生在了那男人身上。

他想着前一晚的决定:回家,只是为了确保他的母亲没事,只是为了紧紧拥抱一下她,只是为了让她紧紧拥抱一下自己。那个想法让托马斯的身体也变得温暖起来了,然而他却用手把那温暖驱赶走了,就像驱赶动物一样。他不能那样做,他不能将母亲置于危险之中。

他回到了储藏室,脱下了好几层围裙,穿上了自己快晾干的衣服。他把手机和手电筒都装在塑料袋里,打了个结,然后把所有东西都放进了挎包里,随即就出发了。

靠近河流的位置,街道再次被洪水淹没。托马斯继续前行着,水位迅速达到了他的腰部。他的身体有些酸痛,但还不算太糟,他感到很平静。尽管如此,前一晚的恐惧并没有完全消失,那男人突然出现来找他的想法让他始终无法完全平静,但他的身后并没有任何人。

他与一群从对面走来的人们打了照面,他们还带着几个小孩,孩子们坐在漂浮在脏水里的门板上。托马斯和他们简短地聊了几句。他们尝试了过桥,但河水泛滥,又因水位太高、水流湍急,他们带着孩子无法保证能否安全抵达桥面。其中一个女人给了托马斯一个夹着奶酪、西红柿片的餐包还有一瓶水。托马斯有冲动想加入他们的队伍一起往回走,但吃了些东西的他,感觉好极了,又有了新的力量,似乎能够做出什么壮举。于是他决定继续向河的方向前进。

在那之后,他又遇到了很多人,大大小小的队伍,还有几个落单的人。每个人都试图远离河流,寻找干燥之地。所有人都建议他不要朝河流的方向前进。

随着托马斯的行进,水位也在上升,但是桥还离得很远,再这样下去,他很快就得游泳了。那个想法并没有让他感到兴奋。他琢磨着如果他能爬上其中一栋楼的楼顶,他就能评估整条街区的状况,然后更好地规划出路线。但随后他便听到身后传来了尖叫声,他猛地转过身去。

顿时,街上一片混乱。人们跑来跑去,惊慌逃窜。一百米开外,犀牛的半个身子泡在水里,大脑袋悬在水面之上。托马斯不确定犀牛是在走还是在游,它踉踉跄跄的,但看得出犀牛正朝着他的方向过去。

"它想抓住我。"托马斯想。

他又想起了那个被抛到空中的男人,托马斯无助的身子剧烈地颤抖了一下。如果犀牛追上了他,它肯定还会那样做的。

托马斯后退了几步,直到他感觉到水流已经到了他的下巴,他四处寻找藏身之地。街道两旁是三四层楼高的房屋,门窗都紧锁。唯一能做的就是继续朝河的方向前进。

托马斯双脚离开了地面,一口气游了二三十米。他回头看了看,犀牛也在游着。

"它为什么要追着我啊?"他惊慌地问自己。

接下来将是一个力量和意志力的考验:谁能坚持得更久,是他还是犀牛? 如果想摆脱困境,托马斯就得动脑子。

他又仔细环顾了一下四周。离他所在地很近的地方,就有一栋大楼,门口堆着一堆垃圾。托马斯游到了那里,他拨开了一些漂浮着的枝丫和泡软的纸板箱,在一张像水鬼般漂浮在水面的床单下,他发现了一扇橱柜的门,它又窄又长。

"也许它能撑得住我。"他想。

他拽出了门板,像玩冲浪板似的,爬到了上面。门板摇晃着下沉了几寸,托马斯挪了挪身体,直到找到平衡。

他回头一看:犀牛仍在游动,而且离得更近了。托马斯没敢再浪费时间,他将双臂伸入水中,划向河边。

我醒来时发现了父亲留在床头柜上的字条。他说:"我去找你了。如果你在这期间回来的话,那么你现在就可以知道:不打招呼且夜间独自出门的惩罚就是喂猪一个月。"

我烧了那张留言条。我从来没有告诉过妈妈发生了什么事,我怕她生我的气。她以为那天早上我父亲又出去找羊儿了,她不知道父亲醒来时发现了我并不在床上睡觉,她不知道当父亲从马上摔下来撞到头时,他是在找我。

隆隆的水声如咆哮一般,河已经离得很近了。托马斯漂在门板上已穿过了几条街道,然而,他没有停止划水。现在他所在的地方,水位已经到达建筑物二层。水流也变得更加强劲了,托马斯决定让自己"随波逐流"。在他身后,犀牛继续游动着,试图接近他,尽管在波涛汹涌的水中一时间很难实现。

"我要淹死了。"托马斯想。

那个结果似乎并不比被犀牛抓住更好,他跨坐在门板上喊道:

"走开!回去!"

那只动物并没有理会托马斯,而是继续向他游去。

托马斯骑在那扇门板上,被水流加速推动着向前进。他被拖进了另一条街。托马斯紧紧抓住门板,好让自己不翻到水里。当托马斯终于再次抬起头去看犀牛的位置时,他已经找不到它了。他在街道中间水流形成的漩涡中和搁浅在屋顶上的树枝间寻找它,然而它已不见踪影。

一瞬间,他有种想跳进水里去找它的冲动,但他不能放开那扇门板。他再次将手伸到水里划动着,直到划到最近的建筑物旁,他一把抓住了屋顶。屋顶的一部分早已消失不见,所以可以看得到里面的情景,他不知道该怎么办。自从他爬到门板上后,他的想法就是过河。然而,现在那似乎是不可能的:水流太猛了,还会有漩涡和各种大小的漂浮物。如果托马斯出于某种原因与门板分离,他可能会被淹死。当然,他也可以在那里静等几天,直到水位下降,水流失去力量。或许,他也可以尝试继续划水直到桥面上。当然,他也可以选择后退至城市。以上任意一个解决方案都让托马斯觉得要比此刻骑在门板上,并面对着湍急的河水更糟糕。

紧接着,一声雷鸣在空中爆裂开来。

托马斯抬起了头。他立刻发现,在更远处的街道上,在路边的建筑物旁,一个男人正举着手枪指向天空,他就是昨天晚上的那个人。他正站在一艘小船上,他还活着。

那男人用枪指着他,冷笑了笑。

"你最好待在原地,"他喊道,"我瞄得很准,这次你可没法儿关灯了吧。"

跪在门板上的托马斯整个人都僵住了。

"我只想回家。"他回答道。

那男人放下了枪,从船底捡起一块木板,然后开始划水。

托马斯纹丝未动。

"小屁孩,"男人大喊着,而且并没有停止划船,"你先是偷了我的犀牛。"

"我没有偷,是它跟着我的。"

"然后你又偷了我的手机。我得用手机啊,没有手机,我就没有生意了。你乖乖待在原地。"

"他想要的只是他的手机。"托马斯想,"如果我把手机还给他,一切都会没事的。"

他打开了挎包,解开塑料袋,拿出了那男人的手机。

"我把手机扔给你。"托马斯喊道。

那男人看懂了托马斯的意图,愣了一下,他的船被水流推进了好几米。

"你疯了!万一手机掉水里了,我就杀了你。我去你那边。"

那男人继续划着船。

"停下!"托马斯喊道,"如果你再靠近的话,我就松手了。"

"小屁孩,相信我,你这是在考验我的耐心啊,你不会有好下场的。"

托马斯想翻过屋顶上的破洞进到楼里躲一躲,但他马上就萌生了一个更好的主意:他掀起了房顶上的一块瓦片,将手机放在了瓦片下面。

"你在做什么?"那男人问道。

"如果你让我走的话,我就把手机还给你。"

"一言为定。"

"还有犀牛。"托马斯喊道,其实他并没有想清楚他的要求。

"你知道的,我不能答应。"

"为什么?"

"那可是一大笔钱啊,小孩儿。"

"那我就把手机扔进水里。"

"你可以扔啊,这又不会耽误我杀了你,然后再抓住它。小屁孩,你别傻了。把手机给我,然后你乖乖回家。这是一笔很好的交易。"

托马斯点了点头。他觉得他抛弃了小犀牛,并要将它交给打算卖掉它,且有朝一日会将它猎杀的人。

"我可以过去了吗?"那男人喊道。

"不,"托马斯喊道,"手机就放在其中一片瓦下。我走了以后,你才可以过来拿。"

"你很聪明,小屁孩,我承认。你赢了,你可以走了。"

托马斯没等那男人再说什么,松开了房顶,再一次平趴在了门板上。水流立刻把他带到了街上,再回头一看,那条船已经离他很远了,简直就像一个漂浮着的玩具。

不久之后,门板再次加快了速度。托马斯紧紧抓着,但他离河太近了,水流陡然变得极其猛烈,以至于门板都下沉了一些,他被迫松开了手。托马斯连呛了几口水。他咳了几声,然而又呛了更多的水。他用尽全力游动着,但逆流而上是艰难的,他只能顺着水流且拼命稳住不下沉。

一瞬间,水流的搅动竟平息了些,托马斯伸长了脖子环顾四处。他对周遭一点也不熟悉,显然他已经不在同一条街上了,而且他也看不到那个男人了。

随后,出乎意料的是:街道变宽了。托马斯看到刚刚就在他眼前的河流已不再是河流,而是大海。因为对岸已经不存在了。他所能看到的只有从泥泞的、翻腾的水流中露出的树木和屋顶;更远处则是一部分被淹没的桥面。

水流把他拖拽得很紧,几秒之后,托马斯就完全在河里了,此时他已经远离了所有的建筑物,漂浮在浩瀚无边的水中。漩涡使他的身体朝四面八方摇晃,树木、汽车、家具还有大量的垃圾不断地击中他。托马斯不得不奋力挣扎。如果他停止挥动他的胳膊和腿,那么泥浆就会把他拉至底部。他感到自己的力气正在流失，衣服太重了，压得他几乎无法动弹。时不时地他就会被水流完全淹没，而每次他都不确定是否能够再次返回水面。他需要尽快到达其中的一根桥柱，或者抓紧一些坚固的漂浮物好让他喘口气。

他呛了很多水，很长一段时间几乎停止了呼吸。他感到自己正在下沉，而且已经没有力气回到水面上了，他知道自己快要被淹死了。紧接着，就在下一刹那，他感到后背猛地一震，一股猛烈的冲击将他猛地顶了起来，像一艘浮出水面的潜艇。那力量将托马斯举到了水面，他张大了嘴，努力吸进了所有他能吸进的氧气。托马斯用他仅剩不多的力气，紧紧地抓住了那艘潜艇。那不是潜艇，而是一头为了救他而疯狂游来游去的犀牛的后脊。

葬礼结束后,我和妈妈就回了农场。她开着面包车,我坐在她旁边,我们俩都沉默了许久,沉默到我以为我们都不会再说话了。

我想告诉她那天晚上发生了什么。

当我们到家时,妈妈脱掉了她的黑色连衣裙,穿上了我爸爸的一条牛仔裤和一件旧衬衫。她又穿上园艺靴,拿上锄头和铲子。她把铲子递到我手里说:"我们去挖个坑,把所有的悲伤都塞进去,然后再把它埋起来。你会发现我们会感觉好多了。"我拿起了铲子,我知道那样做肯定不会让我感觉更好,但这就是我母亲解决她生活中所有问题的方式:她挖一个大洞——劳累了身体,倒空了脑袋。就是这样。

托马斯右臂被卡住了,无法移动。右腿也是,左腿也是。好像有人要抓住他,或者也许那并不是一个人。

他的脑袋很沉,脑子里好像有一颗行星那么大的石头,而他的思绪就如石头一般;他无法睁开眼睛。

黑暗是个好东西。

呼吸是件困难的事。

他想起了水流。那条河就像一片漆黑、深不见底的汪洋。

很可能他已经死了。

然而,恐惧并没有消失。

爸爸曾经告诉过他:恐惧很重要,我们只有死了才不会再感到恐惧。

所以在那种情况下,托马斯应该并没有死。

他梦见正在下雨：密集且冰冷的雨滴。紧接着他醒了，他感觉嘴巴干干的，好像塞满了沙子。

他动了动自己的身体，微微张开了右手。那种松弛感就像重生一样。

他的头更重了。他想若他不立即睁开眼睛的话，他就永远都不会再睁开了。

托马斯睁开了双眼。

光线刺痛了他。

呼吸变得轻松了。

他看到了云朵，以及宇宙中每一种层次的灰度。在云雾之中，一点点蓝天让他想起了他的母亲。

并没有任何人抓着他，只是他的双腿还埋在稀泥里。

因为那一点点的蓝天——或者因为他在想他的母亲——他感到了从泥泞中挣脱出来的生气。

他拔出了左腿。

又拔出了右腿。

他努力让自己摆脱疼痛。在本能的作用下，他弯到了一侧，呕吐不止。

托马斯居然感觉好多了，几乎完全缓过来了，随后他又躺了下去。

他就那样平躺着，目光停留在那一点点的蓝天和环绕着它飞舞的云朵上。

终于他坐了起来,那是久违的感觉,好像已经过了好几天,甚至好几年。

托马斯望着眼前的世界:那一望无际的浑水,拖着树木、汽车、房屋的残骸无序四散;在视野的尽头,被洪水淹没的城市里的建筑物,组成了一条地平线,竟呈现出了一幅风景画。

难以置信,但他已经过了河,此时托马斯已经身在河对岸了。

他听到了脚步声,还有踩压泥土的声音。

他转过身去。

小犀牛离他大约四五米远,安安静静地看着他、等着他。

托马斯吓了一大跳。他跳起来想要逃跑,但他的脚又陷进了泥里,他跌跌撞撞,背部着地倒了下去。

小犀牛朝他走了两步。

"不,"托马斯喊道,"等等。"

那动物停了下来。

一分钟过去了,他俩都没动。

托马斯试图回忆究竟发生了什么事。

"为什么它不攻击我?"他怀疑着。

然后,他想起了河里发生的事情,那艘潜艇就是小犀牛。

"它并不想攻击我,"他想,"它想帮我,或者它想让我帮它。"

"我帮不了你,"他说,"你走吧,留在我身边太危险了。"

小犀牛的眼睛闭上又睁开。随后发生的一幕就像是一场话剧:它靠近托马斯并在他的脚边躺了下去。然后小犀牛闭上了眼睛,没再睁开。不一会儿,从它深深的呼吸声中,托马斯意识到小犀牛睡着了。

冷空气再次来袭。托马斯全身冰凉,冷风犹如锋利的刀刃一般。就这样,托马斯醒了。

他睁开了双眼。

天色开始暗了下去,也许是云层太密,阳光无法通过的原因;也许是那一天真的即将结束。他很难判断。

他坐了起来,湿漉漉的衣服贴在身上很不舒服。

此时小犀牛并不在同一个地方。托马斯发现小犀牛在淹过它肚子的泥水里,吃着水流带过去的一棵橡树的叶子。有那么一会儿,那只动物不再盯着他看,而是继续认真进食。

托马斯凝视着河对岸的城市。即使从那个距离望去,也可以看到残破不堪的场景:街道上的浑水、垃圾和泥土。他很庆幸他已经不在城里了。那座城市对他并不友好,即使在飓风来临之前,那座城市也不曾是他的朋友。托马斯在那里停留了几分钟,终于鼓起勇气和力量重新开始了前行。他全身冰冷,又饿又渴。他的衣服已破烂不堪,且沾满了泥土,一只鞋子也破了。他的挎包、手机和手电筒都不见了。他的胳膊、脖子和脸上也都有伤口,耳朵附近的太阳穴上有一个痛点,就像他的肉在燃烧一般。他已经筋疲力尽了,他只想重新躺下,等人来救援。可是如果没有人救援的话,他肯定会先被冻死的。他不知道他要去哪里,但他必须继续前进。最重要的是,他想远离水面,因此唯一可行的办法就是一路向北。

出发之前,他转身对小犀牛说道:

"我得走了,我不能留在这里,你应该回到动物园里。"

那只动物并没有做出任何理解他的反应。托马斯挥手跟它告别,准备继续赶路。泥土太软了,每一步都像一场战争。他的目标是走到坚固的土地上。

托马斯还没走出五十米,就听到一声响动,他扭头一看,小犀牛就跟在他身后。于是,他停了下来,那只小动物也停了下来。

"你在跟着我吗?"他问道,而且,托马斯努力装得看起来很生气的样子。他补充说道,"你不能跟着我,你得留在这儿。"

小犀牛只是微微摇了摇头。

托马斯本想冲它大吼好令它退后,好让他自己一个人待着,但是他最终选择了沉默。因为对任何人说出那样的重话都是一件可怕的事情,更何况是头小犀牛。因为如果有人命令他一个人待在那冰冷泥泞的河岸上,他也不会服从的。

"好吧,"他最后说,"如果你愿意的话,你就跟着吧。"

我的母亲在外面的花园里待了一整天。我一个人在屋子里,很难想象父亲再也不会出现在我身边,再也不会关切地问我在学校过得如何,或者跟我讲关于黎明时分出生的小牛犊。我想呐喊而且永不停息,我想让喊声在我周围蔓延,直到我什么也听不见为止。他的死亡让人难以接受,就好像某些数学定律被打破了一样。

我试着回忆那个晚上,那个晚上的每一刻。也许有什么东西让我逃过了一劫,才可以解释所发生的一切。父亲对山坡很熟悉,那里最适合骑行。我妈妈说可能是蛇吓到了马。这种情况也曾发生过,而且不止一次,可是父亲总能控制得住马儿,而且从来都没从马上摔下来过。

我太需要一个合理的解释了。我去了父亲尸体被发现的地方,一块石头上有干涸的血迹,地上还有马蹄的印迹。我找到了一个蛇窝。我找到了逃跑的两只羊的尸体,但我仍继续寻找可以解释这一切的东西。第二天和之后的几天我都去了事发现场。我内心的呐喊即刻被点燃,它像一个永远燃烧着的火球。我只想把它从我身上扯下来。

于是我想:"父亲是因我而死,而这个解释完全说得通。"

天色很快就暗了下来,地平线上出现了一丝透明的粉粉的光芒。在接下来的半小时内,夜晚就会降临,然后空气也会变得更加冰冷。托马斯穿过了泥泞的、湿答答的土地,小犀牛一直紧随其后。水流和泥浆早已抹去了小路的痕迹,很难找到脚下的路。托马斯冻僵了,为了驱赶寒冷,他想起了他的朋友阿方索、蒂亚戈、杜阿尔特和卡罗丽娜。

卡罗丽娜对他很重要。

三年前的十二月份,她和父母一起搬到了村里。圣诞节前后,托马斯第一次在跳蚤市场上见到了她。他和蒂亚戈摆了一个摊位出售旧玩具和其他杂物,那些杂物是夏天他们从河流源头的一座废弃房屋中捡到的——明信片、窗框、抛光了几个小时的黄铜杯子、几副太阳镜、一对柳条筐。托马斯很兴奋地正告诉他的朋友他父亲带他看过的一个洞穴。就在那时,她出现在托马斯面前,询问着展台上的小刀要多少钱。托马斯觉得她漂亮极了,他竟没法告诉她这把刀是他自己的,是他父亲在他生日时送给他的。他想也没想,就报了个价。她从一个挂在脖子上的小布袋里掏出了几枚硬币,付了小刀钱,然后微笑着离开了。直到近一年后,当他们成为最好的朋友时,他才鼓起勇气告诉她,他误把小刀卖给了她。

托马斯跳出了那段记忆,对卡罗丽娜的思念比冰冻的身体更让他感到疼痛。

"我敢打赌你渴了。"他大声说。

在他身后,小犀牛迈着稳重的步伐。托马斯努力保持着安全距离。

他相信小犀牛并不会对他造成任何伤害;尽管如此,即便是头幼崽,那种动物的体型和强有力的鼻子也还是会令人恐惧。

"我渴了,这真是件奇怪的事。我们在这么多水中间,却无水饮用,这就像海难幸存者一样。你知道海水不能喝吗?我四岁的时候我父亲就教过我。有一次,我们去海滩度假,那是我第一次看到大海。现在我们这里的水虽然不咸,但太脏了,喝了它只会让你更难受。如果下雨的话,我们倒是可以喝雨水的。你想想看,多奇怪啊,一下子下了那么多雨,而现在,尽管天上飘着厚厚的云,却没有一滴雨水落下。"

托马斯回头看了看。小犀牛似乎没有听到他的声音，更不用说理解他了。但是托马斯已经好几天没有和任何人说话了，突然间，当他说出那一切的时候，好似得到了某种释放。

"这所有的一切都是我的错，"他继续说，"雨和风，我就是把飓风带到这里的人。我想是我。我不确定，但坏事总因我而发生。其实你应该回去的、离我远点。迟早有些坏事儿会发生在你身上的。"

他又看了看小犀牛。虽然它的体型令人恐惧，但它又是一个很友善的生物，托马斯决定放慢速度，以缩短他俩之间的距离。

"我必须找到远离人群的地方，"他解释道，"我不能伤害任何人。"

他们默默地走着，直到夜幕降临大地。正如托马斯预料的那样，空气变得更冰冷了。此后不久，他们经过了一栋被掀掉了屋顶的房子。

"这儿有人吗？"托马斯喊道。

没有人回答。于是，他从一扇破窗户翻了进去。他必须尽快找到食物和水。地板上满是积水。厨房里的家具、冰箱和炉灶都被掀翻了。脏水中还有面包和腐烂的水果。很显然，曾经住在那里的人已经拿走了所有他们能带走的东西,或者在托马斯之前已经有人去过那里了。

再往前走,他们又经过了几栋房屋,有些房屋被毁得像炸弹在里面爆炸过似的。托马斯见到的所有的房屋,都有着同样的情况:四处都是倒塌的家具、漂浮在泥水中的食物和令人作呕的气味。他在一个缺了屋顶的房间的抽屉里发现了一盒巧克力和一张摆放整齐的桌子上的一盒西红柿酱,好像是有人故意留给他的。他跪在泥里往嘴里塞着巧克力和西红柿酱,急切地往下吞咽,连换气的时间都没有。

时不时,他们就能看到远处的五六个光点。

"篝火。"托马斯想,他想象着应该是一群像他一样逃离城市的人。

他的第一反应是朝那个方向奔去,但他忍住了。他看着小犀牛,像是在征求它的同意,说道:

"不应该因为我,而让那些人处于危险之中。另外,我该怎么向他们解释你和我在一起呢?他们一看到你就会吓得逃跑的……没必要……走吧。我们必须找到饮用水和过夜的地方。"

很长时间,他们都伴随着左侧远处的火光前行。随后,一瞬间,他们看不到人影了,就好像有人用开关关掉了光源。

我的父亲去世了，而我知道那是我的错。我的脑袋也许不知道，但我的肺、我的指尖和我的皮下组织都知道。

我最大的恐惧是那种感觉会再次出现，我告诉妈妈我不想上学了。她以为我只是伤心过度而不想出家门。我当然很难过，但不仅如此。我没有跟她解释，因为我怕发生在父亲身上的事儿可能会再次发生在母亲身上。她抚摸了一下我的脸颊，说道："你知道吗？如果他知道你和我都能继续我们的生活，他会很高兴的。"她是对的，只是我不想伤害任何人。当然，我更不想伤害我的母亲。然而，在那个时候，远离她还是件不可想象的事情。

月光微弱，刚好能看清物体的轮廓。托马斯颤抖得厉害，甚至难以控制自己的姿势，每时每刻都在黑暗中跌跌撞撞。小犀牛也显得疲倦极了。小犀牛时不时停下来，他俩之间的距离被拉得越来越远，以至于托马斯不得不停下来等着它。

很长一段时间，他们都找不到任何房屋，仿佛黑暗夺走了飓风还未刮走的一切。之后，就像是在玩一场猜谜游戏，托马斯在黑夜中看到了他右手边的一辆卡车的影子。他走上前去细看：原来不是卡车，而是辆房车。很难想象狂风能把它拖到那里，但也不是没有那种可能性。门是锁着的。

"我想我们可以睡在里面。"他说。

那是托马斯不会被冻死在夜里的最好机会，尽管他明白那只动物穿不过房车上狭窄的门。

"等在这里。"

他走开去寻找一根棍子、一块铁,或者其他什么他可以用来打破锁的东西,就如同他之前对困住小犀牛的面包车车门所做的一样。小犀牛顺服地等着——也许它开始理解他了,或者它太累了,无法继续跟着他。

托马斯走进了黑暗,很快就看不见小犀牛和房车了。那气氛带给他一种奇怪的感觉,一种他一整天都没有感受到的恐惧。黑夜似乎更漆黑了、更加令人印象深刻,他想起了卡罗丽娜有时会讲的鬼故事。那太荒谬了,因为在他不得不面对的一切之后——飓风、用左轮手枪追他的男人、小犀牛、河流——最让他害怕的,居然都不是真实存在的事情。时不时地,他的想象力出卖着他。那是他第一次遇到周围没有任何人可寻求帮助。他想折返到小犀牛的位置,那种强烈意愿帮助他克服了寒冷、饥饿和疲劳。就在托马斯准备返回时,他觉得他似乎看到有人就在他面前。随后他便意识到那只是他在玻璃窗上的投影,那里有一栋房子。

托马斯没有呼喊任何人,他太害怕了,一想到在黑暗中听到自己的声音,他就觉得很可怕。托马斯快步走了回去,小犀牛还闭着眼睛站在原地。

"过来,"他说,"我找到了一栋房子。"

小犀牛睁开了眼睛,跟了上去。

托马斯敲了敲门,稍等了一会儿。没有人来开门。他尝试打开大门,可门是锁死的。他仔细地检查了窗户,但是窗户只是一个小小的矩形,根本无法通过。

"过来。"他对小犀牛重复说道。

他们在房子周围转了一圈,发现了另外两扇门也上了锁,其他的窗户外都有紧闭的木百叶窗。房子的后面,几天前本应是草坪和花坛的地方,现在都被泥土和垃圾覆盖。有一扇宽大的全玻璃门,然而玻璃门前面是一个滑动的安全栅栏,并且都嵌在铁槽中。如果没有钥匙的话,打开它几乎是不可能的。

一把大且长的园艺剪埋在垃圾、泥潭中。托马斯想用它来撬开锁子,结果证明那是一个荒谬的想法。因为刀片卡在金属滑槽上滑动,也许只有力气够大,才能把它打开。然而托马斯却无法办到:铁栅栏太坚固了。

绝望如潮水般涌入托马斯的身体,他哭了起来,他举起剪刀,敲打在栅栏上。一下、两下、三下,每一击都让他感到疼痛从指尖传到手臂,寒冷潮湿的风刮着他的脸,他只想躺下来睡一觉。他想要的只是放弃。

他放下了剪刀。

托马斯回头看了看。小犀牛依旧站在原地,像一块石头似的。

"我告诉过你不要跟我在一起的,"他哽咽地说,"现在我们要死了。"

托马斯后退了几步,跪在了地上。

"我只能睡在这里了。"他想。

然后他感觉到小犀牛从他身边掠过、迅捷有力且沉默不语。他急忙抬起了头,竟看到小犀牛像一辆坦克似的冲进栅栏,砰的一声,连同门一起被撞开了。

我父亲去世近一个月后,母亲劝慰我说,我不能总待在家里,生活还要继续,我必须得回学校上学。我无法告诉她事情的真相,我只得顺服,但是我知道迟早有人会受到伤害。

我竭尽全力地保持安静和沉默,就好像我不存在一样,这样我的出现就不会影响到教室里、走廊里和课间玩耍的任何人。放学时,我会骑上自行车迅速回到农场。没有人觉得我反常,每个人都认为我只是想一个人待着,因为我的父亲去世了。

托马斯醒了,但一直闭着眼睛。

他想:"我可以一辈子待在这里。"

他的身体一点儿也不痛了,但感觉就像悬浮着一样。他不记得梦到了什么,隐约感觉那是昏昏沉沉的、热乎乎的一觉。

托马斯睁开了眼睛。

白日的阳光从窗户洒了进来,金灿灿的、光芒四射。房间的墙壁似乎都被点亮了。那是一个儿童房,应该还是一个女孩子的房间。架子上有玩偶和书籍,地板上有一只巨大的毛绒狗。床前的墙上挂着一幅画,上面画着两只拥抱在一起的怪物。

托马斯翻了翻身,将被子抱在了怀里,他感觉身体更温暖了。托马斯一点儿也不饿。昨晚,在小犀牛撞开栅栏和玻璃门之后,他们进到了房子里。他在厨房找到了几罐金枪鱼、香肠、番茄、水果罐头、果酱、饼干、麦片、牛奶,甚至还有巧克力和几瓶水。他吃饱喝足到胃都有些发痛,然后,那感觉半死不活的。最后,他走上了楼,躺在了其中的一个房间里。

托马斯下了床,走到了窗边。湛蓝的天空让他的眼眶发痒,他不自觉地笑了笑。从那里他可以看到房子后面的空地:一大片泥土和倒下的树木。稍远处,还有一排露出树梢的松树,它们看起来很安静,葱郁得好像是被涂上了油漆。然而,一个房子都看不到,而且周围也没有什么参照物好让托马斯知道自己在哪里。

他离开了房间,穿过走廊,走进了对面的房间。那里有一张大大的双人床和一个高大的衣柜。在房子的另一边,托马斯所见的景象是一样的:田野被毁并且被厚厚的泥土覆盖。

他回到了床上,钻回被子里。那里是自他离开农场后一直寻找的理想地方:一个远离一切人和一切物的地方;一个他不会伤害到任何人的地方。

"我可以一辈子待在这里。"他又想。

随后,他又睡着了。

等他再醒来的时候,天依旧是蓝蓝的,只是房间里多了些阴影。托马斯估计已经过了好几个小时了,很快天就要黑下来了。他饿了。于是,他下了床,走下楼去。

他在客厅里看到了小犀牛,它躺在巨大的地毯上。沙发后面的地板上还散落着碎玻璃和一部分铁栅栏。冷风从敞开的大门吹进来。显然,小犀牛在那里守了一天一夜了。那让托马斯觉得很安全,几乎有种所向无敌的感觉。

"早上好。"托马斯向小犀牛打招呼。

小犀牛抬起了头,盯着他看了看。托马斯试图回忆他是否曾在书中或电视上看到过任何关于犀牛像狗一样服从人的事情。

他走进厨房,转动一下水龙头。居然有自来水,他不经意地发出了一声惊呼。然后,他划了一根火柴,打开了煤气灶。就像变魔法一样,燃起了一顶蓝色的小皇冠般的火焰。他又试了试房子里的电灯开关,但和前一天晚上一样,什么都不亮。

他突然想起来:有可能外面的泥浆会进入管道。所以,以防万一,他把两个锅都装满了清水,放在炉子上烧开,那样可以杀死所有可能伤害他的细菌和微生物。然后,他让水冷却下来,打开了一罐香肠和一包饼干。他把所有的东西都搬进了客厅里。托马斯给自己倒了一杯水,随后把一锅水用脚轻轻地推到了小犀牛的面前。那只动物闻了闻锅,然后畅饮了起来。托马斯带着--种未曾预料到的胜利感坐在地板上。

"我们有水和煤气,"他说着,嘴里塞满了饼干,"但我们没有电。我们有食物、床还有被子,我们有一栋没被飓风掀掉房顶的大房子。你觉得如何?"他很想让小犀牛回答他,但是,他知道那是不会发生的。于是,他继续说:"不要那样看着我,房子虽然不是我们的,可是你真的想回到外面泥乎乎和冷冰冰的世界? 而且还没有可以喝的水?你忘了昨天我们差点渴死了吗? 如果你指望我来领路,那还是算了吧,因为我也不知道我们在哪儿。我知道你还是个幼崽,但我也只有十二岁……"

事实是,连他自己也不知道什么是该做的正确的事。在他的脑海里只有疑问:留在那里还是离开? 返回农场或寻找其他地方? 再加之,手机没电了,那让他有一种永远迷失、漂泊的感觉。他默默地吃完了食物。托马斯尝试寻找解决一切的办法。他喝了一口水,然后说出了他唯一确定的一句话:

"想一想:我们在一个偏僻的地方,远离其他房子而且远离所有人。至少,只要我留在这里,我就不会伤害到任何人。"他停顿了一会儿,看了看小犀牛,然后补充道,"你也不应该在我身边待得太久。"

他虽然那么说了,但他内心深处并不想让小犀牛离开他。在他们前一天的行走中,他已经习惯了它的陪伴。如果小犀牛离开他的话,那么托马斯可能无法独自留在那里。然而,小犀牛纹丝未动,托马斯深深地松了一口气。

"好了,决定了,"他惊呼道,"我们留在这里。"

第二天早上,他走进了淋浴间,揉搓了全身,直到皮肤上不再有泥土。然后,他把热水装满浴缸,平躺在里面。直到水凉了,他才用像老人一样皱巴巴的手指拔掉了下水口的塞子,让水流走。他泡了两个小时后,才从浴缸里出来。托马斯觉得身体又恢复了生机。

他的衣服又破又脏,运动鞋的鞋底也磨破了。他翻遍了卧室的衣柜和抽屉,然而没有什么东西被留在那儿,而且留下的也根本派不上用场。他猜测那栋房子的主人并不总住在那里,很可能只有在假期和周末才在那儿。最后,他穿上了在衣柜里找到的灯芯绒裤子、格子衬衫和红色毛衣——它们太大了。他不得不卷起裤腿和袖口,然后穿上大了好几码的胶靴。

那天余下的时间他都在吃饭或睡觉,他在厨房的抽屉里发现了一沓纸。于是,他写了一份待做之事的清单:

清理地面的玻璃碴子;

修理客厅的大门(虽然不知道怎么做);

探索房子周围;

寻找更多的食物;

抚摸小犀牛。

托马斯不时地会去大房间看一看,确保那只动物没有消失。他总能在固定的几个地方发现它。小犀牛或躺在地毯上,或在离房子不远的外面,吃着游泳池边一棵倒下的树上的叶子。

当夜幕降临时,黑暗接管了一切。托马斯有一种想哭的冲动,那情绪让他自己感到很诧异。情况虽然并不完美,但比两天前好太多了:没有理由感到那么悲伤。他决定点燃储藏室里的一些蜡烛。火苗的光和热给了他一些鼓励;即便那样,哭泣的冲动并没有完全消散。

托马斯强忍着泪水,坐在厨房的桌子旁,吃了一碗巧克力牛奶麦片,然后,他躺在了床上,一股脑儿钻进了被子里。第二天早上,当他再次醒来时,只能听到寂静无声的一切。窗外飘着浓浓的雾气,什么也看不见。托马斯感觉自己的心猛地沉了下去,仿佛有一只脚踩在了他的胸口上。他强忍住了泪水,试图努力寻找解决方法,即便他并不能确切地知道自己是怎么了。

他走下了楼梯,到了一楼。房间里的冷空气刺痛了他的脸。小犀牛站在雾中望着外面,一半身子在室内,一半身子在外面。托马斯走到了门口,地板上的玻璃碴随着他的脚步间断地噼啪作响。他看了看雾气,又看了看身边的小犀牛。托马斯听到了空洞的气息声从它的鼻孔里喷出,如同篝火中冒出的烟雾。他从未如此靠近那只动物,然而,他并不害怕。他想伸手抚摸它那厚厚的、灰灰的、皱皱巴巴的皮肤。可是,他怕吓到它,于是,他并没有那样做。

"你难过吗?"他问。

小犀牛的眼睛闭上了半秒。托马斯想拥抱它。

"我知道,"他说,"这种寂静才是罪魁祸首,好像全世界都不复存在了。"

"独自一人太难了。"他想。托马斯对自己很失望。

他想起了回农场看望母亲的念头。只是为了确保她没事,待上几天,然后就离开。

"你说得对,"他说道,"我们得走了,如果我们留在这里的话,我们肯定会无聊死的。"

托马斯花了剩下的多半天时间收拾他认为旅行所需要的一切。他往一个运动包里塞了几罐食物、几包饼干、一盒牛奶、一罐蜂蜜、四瓶水、三件毛衣、一条毯子、两把菜刀、一个勺子和两盒火柴。然后,他拿着园艺剪子离开了房子,走向了房车的方向。小犀牛一路陪着他。托马斯把剪刀插在门缝里,锁有些陈旧了,他无须太大力气就撬开了车门。除了一张路线图,里面并没有其他让托马斯感兴趣的东西了。

夜幕降临时,他回到了大房子里,在客厅的一口锅里生了火。他坐在锅前的地板上,背上披着毯子,吃着咸味饼干、番茄酱罐头和煮熟的米饭。小犀牛在外面,托马斯可以在倒下的树枝间看到它的轮廓。

他展开了面前的地图。因为之前托马斯看到了贴在冰箱门上的比萨店广告卡片上的地址,他知道他离一个叫博尼塔的地方很近。他在地图上找到了它,博尼塔位于首都东北方向约二三十公里处。托马斯必须得稍微偏离一点理想的行进路线,因为他自家的农场稍稍靠西一些。没有什么是不能解决的。他先是用手指扫过到达农场的必经之路,然后用红色记号笔标记了出来。按照他的计算,他需要走一百八十公里。

小犀牛回来了,就立在客厅门口。

"我一直在想,"托马斯说,"必须有人组织救援行动。你知道的……政府、消防部门或军队……也许已经行动了。然而,我们到底为什么要待在这里呢。也许城里每个人都已经回到了自己的家,街道也都干净了。也许路上也没有泥了。如果是那样的话,走回农场也就不会太难了吧……你看着吧,我们到家时,我母亲会在那儿等着我们。她会给我们做草莓甜饼还有鲜榨柠檬水。我们会一直吃到撑,然后我们可以看一下午的电视,你瞧着吧!"

第二天一早,托马斯早早醒了,天空仍旧阴云密布。他在一页笔记本的纸上写了一张便条留给主人。他为铁栅栏、碎玻璃门,以及他拿走的衣服和他吃掉的食物而致歉,并解释说,虽然他们不认识他,但因为他们,他才活了下来。随后,他从本子上撕下那页纸,对折,然后把它留在了厨房的柜台上。

托马斯穿着两件羊毛外套和一件羽绒服。他将运动包斜挎在肩上,瞬间他感到肩带在他的肩膀和胸前被勒得紧紧的。它太重了。可是他不能放弃那些东西;事实上,很有可能,袋子里的所有东西都不足以支撑他回到农场。

他看着小犀牛,他考虑过让它背一背袋子——它肯定会毫不费力地驮着那些东西,但他害怕它会有什么过激反应。所以他挺直了身子,好让自己更有力地承受那袋子的重量。托马斯离开了那栋大房子,穿过了泥泞的小路,走向了大道。

我父亲说，人能适应一切，甚至是下地狱。他常说："你的适应力就跟你脑袋的大小一样，而你的脑袋比任何存在的东西都大。"然而，事实并非如此。我还没有习惯远离人群，且我永远也不会习惯没有他的世界。

几个小时后,他们走到了高速公路上。然而,一切都被两三寸厚厚的泥土覆盖着。公路对面有几盏翻倒的路灯和几辆被丢弃在路旁的汽车,其中的一辆车里竟有一个死人。

托马斯想象着一波巨大的海浪淹没了整个地区,而且速度极快、残酷至极,以至于没有人能够成功逃脱;有些人甚至还来不及下车。他觉得自己的胃都贴在了背部,他赶紧跑向小犀牛。那是他第一次看到一个陌生的死人,他一刻也不想待在那里。

空气冰冷干燥,泥都变得干绷绷的。走起路来并不困难,但托马斯背上的包太重了。他们走了好几公里,所见的场景并没有改变:泥泞、碎片和有死人的汽车。再向前些,他们望到了一个湖。他们选择继续前行,直到高速公路消失在湖中而无路可走时,他们才被迫停了下来。

托马斯盯着那片宽大的水面,感觉哪里有些不对劲儿。随后,他就意识到:那湖不是真正意义上的湖,而是一个被洪水淹没的巨大山谷,看不到任何边际。水面上漂浮着很多垃圾,还有屋顶、路灯、树木,甚至还有一块块的土地,它们像小岛一样从脏兮兮的水中露出水面。托马斯最不想做的就是爬上某个漂浮的物体,然后蹚过整片水域。他观察了几分钟后,并查阅了一下地图。最后他转向小犀牛。

"那儿,"他说,"我们得往回走,然后绕过这片水。"

远处稍偏右一点的方向,露出一个了小土丘,从植被的情况来看,很可能有一条通向干燥地方的通道。

小犀牛看着托马斯的手指,一动未动,直到它看到托马斯转过身往回走才又动了起来。

他们走了约五百米,便离开了高速公路,穿过了一片松树林。那里的泥土还是湿软的。许多树木已被连根拔起,道路时不时被阻塞。好几次,他们都被迫偏离前进的方向。主要是因为小犀牛没有托马斯那样敏捷,无法跳过倒下的树干。那天托马斯的双腿第一次因疲倦而不停地、不由自主地抖动。他推算他们应该已经走四五个小时了。可是,他不想停下来,尤其是停留在夜幕降临的不毛之地。

等他们走出了松林,风也吹散了乌云,天更亮了,也更热了。托马斯脱掉了外套。他们已经走到了从高速公路那侧看到的岩石堆成的小山坡,托马斯放下了袋子,坐在一块石头上吃着东西。小犀牛像是立刻懂了要做什么似的,走到了另一边,因为远处阴影之中生长着一些植被。

托马斯打开了一罐即食鹰嘴豆罐头,他一边吃一边观察着小犀牛:它灰色的、粗糙的身体与岩石融为一体;大脑袋时不时地抬起来,以确保托马斯仍在原地;它的嘴叼起树叶,慢慢地咀嚼,仿佛时间等一切都不重要了,又好像它已经知道接下来会发生什么似的。托马斯想知道小犀牛是否真的清楚到底发生了什么,命运为何让他俩一起走在一个已满目疮痍的国家。动物会害怕吗?托马斯猜想是的,也正因为如此,它才跟着他,但也许那并不是唯一的原因。那可能只是一种动物求生的本能。无论如何,有小犀牛和他在一起,那感觉真是太好了。他很难想象一个人的旅程。

他吃完了饭,出神地望着湖水。太阳的光线从水面上反射出来,好似水上着了火一般。托马斯好想脱掉衣服,一个猛子扎进去游个泳。那想法让他回忆起了那年夏天的一个周六。当时,他和他的父母坐着面包车,一路下坡直到水库大坝。父亲把面包车开到水边,直到车轮都触到水才停下。母亲把浴巾和毯子铺在热热的地上,她把盘子、杯子、一壶柠檬水、一碗鳕鱼鹰嘴豆沙拉,还有塞满肉、奶酪、菠菜和茄子的包子,还有一个父亲用小刀雕刻的甜瓜都摆放在毯子上。托马斯在水中能一直玩好几个小时,而他的父母则躺在浴巾上聊天、大笑、打瞌睡。托马斯和小犀牛坐在山坡上,那段记忆仿佛遥不可及,仿佛已不再属于他了,仿佛只在书里读到过,仿佛有别人过上了他的生活。他感受着回忆的涌动,下意识想要跳起来赶走那份思念。在夜幕笼罩大地之前,他还要继续走好几个小时,所以在那时那地,哭只是浪费时间和体力。

托马斯把小指塞进了嘴里,吹响了口哨。小犀牛抬起了头,看向他的方向。

"走啦,"托马斯喊道,"我们得继续赶路。"

小路因为被风吹散的泥土和植被所覆盖,时不时地消失又重现。他们已经爬上了斜坡,走到了山丘的另一边。一时间,他们看到了纠缠在一起的烟柱,从远处几块巨石后冒出,好像是篝火。托马斯犹豫了一下:如果他偏离原路线,前往那里的话,那么据他的计算,他必须在陡峭、不平坦的地形上步行大约两公里,甚至更多。如果他们遇到了其他人怎么办?他无法预测那些人可能是谁:他们也许可以帮助他,但也可能会伤害他。他想起了追他到河边的那个男人。于是,托马斯最终决定继续前行。

然而,他知道最终还是会遇上人的。因为整个国家都被飓风摧毁了,肯定会有成千上万的人跟他的处境差不多。迟早,他都会碰到无家可归的人。

他们离开了灌木丛,走到了一条公路上,一条没有泥土覆盖的柏油路上。但由于山体滑坡,坡度变得更陡了,而且还有泥土挡住了前路,行进变得异常困难。

"我们必须尽快离开这条路。"托马斯一度想。

他停了下来等小犀牛走近些。他正要告诉它刚刚的决定,却听到一阵低沉的声音在空中震开。

小犀牛伸长了脖子,抽动了一下耳朵。那像是一种机械的轰鸣声,似乎是从地底深处传来的,而且越来越响亮。小犀牛后退了两三步,托马斯也模仿它,跟着退了几步。

"是架直升机。"他想。

但片刻之后,他转过身来,看到一辆拖拉机出现在他身后的一个弯道上,正缓缓向他们驶来。拖拉机上大约有十五六个人——男人、女人、孩子和司机旁边的一位老太太——有人坐着,而大多数人是站着的,还有的扒着拖拉机、身体悬在拖拉机上。

"如果小犀牛跑了,我就跟它一起。"他想。

小犀牛立在原地,只是微微低着头,摆着准备冲击的架势。

拖拉机突然停了下来。托马斯注意到了司机看到小犀牛的惊恐表情。拖拉机来了个急刹车。司机是一个留着小胡子、长着黑卷发的男人,那让托马斯想起了他的父亲,尽管实际上他们俩长得一点也不像。

沉默了片刻后,留着小胡子的男人一脸迷茫,好像不确定路中间的男孩和犀牛是不是真的。终于,那男人关掉了发动机,但眼睛并未从小犀牛身上移开,他喊道:

"你需要帮忙吗?"

托马斯感到肩上挎包的重量——如果能把包从背上拿下来,让拖拉机来装着,那该多好啊。尽管如此,他还是回答说:

"不了,我觉得不用。"

"孩子,你别逞英雄。飓风过后,每个人都需要帮助。你想去哪里?"

托马斯犹豫着要不要说实话。

"去旧谷①。"他终于回答道。

"旧谷。"那司机重复了一遍,并用手指了指远处的地平线,"你得朝那个方向走,你可以和我们一起。有人跟我

---

① 旧谷:地名。葡萄牙语 Vale Velho

们说这些山的另一边,有些村庄并未受到飓风的袭击。如果一切顺利的话,我们天黑前就能到那儿。来吧,跳到这里,还能装下一个人。"

托马斯萌生出一种想要让他的双腿休息、爬上拖拉机和那些人一起走的冲动。然而,他想起了小犀牛。

"我不能走,"他喊道,"它没法儿跟上拖拉机的速度。"

"那动物是你的吗?"

托马斯看着小犀牛。那只动物的蹄子绷得紧紧的,准备在必要的时候,飞奔冲向拖拉机。它不是他的,也不是任何人的,它属于大自然,就像风或行星一样。

"我们是……朋友。"他回答。

拖拉机上的人们轻声笑了起来,即使他们很明显地也表现出恐惧。

"啊,圣母玛利亚,我的老天啊。"司机惊呼道,"自打这鬼天气来袭,我见多了奇奇怪怪的事儿,但我觉得这男孩和犀牛之间的友谊才是最令人不可思议的。"

"他是对的。"托马斯想。

"你确定你和那只动物在一起没有问题吗?"

小犀牛在托马斯的身后哼了一声,好像它知道他们是在说它。

"没有,"他回答,"我想应该没有问题。"

司机举起了双臂,做出了投降的姿态。

"好吧,我不坚持了。这种情况,每个人才了解自己要干嘛。祝你好运!"

他重新发动了引擎。托马斯和小犀牛靠路边站着。

拖拉机缓缓地开过,乘客们都用紧张的眼睛盯着那只动物。

随后,在乘客之中,托马斯发现了几天前将他锁在大楼楼顶的那个男孩,也就是托马斯在一条看起来像河的街道上试图救的那个男孩。那个男孩也认出了他,他举起了手,向托马斯打了招呼。他们都没有说话,但托马斯很高兴地知道他已安然无恙,从他脸上的表情来看,那男孩似乎也有同样的感觉。

拖拉机慢慢开走了,消失在了下一个弯道附近,几分钟后发动机的噪音也渐渐消散了。比之前更大更深的寂静再次笼罩了托马斯和小犀牛。

不久之后,气温下降了很多。托马斯重新穿上了外套,在背上又披上了一条毯子。他们离开了那条柏油路,转向了一条更狭窄的下坡小路。从那里他们可以看到一片绵延数公里的森林,一些半掩在树丛中的房屋,一座桥,以及远处的一个小村庄。天色渐渐暗了下来,托马斯计算了一下到最近房屋的路线。

他们沿着一条干净的、没有倒下的树木或落下的岩石的小路继续走着，他们必须在夜幕来临之前到达那里。那是一个有着厚厚花岗岩墙壁的小屋子，也许那就是它能在飓风中幸存下来的原因。门窗都上了锁，什么人也看不见。托马斯敲着门，试探着门的强度：它坚固且巨大，小犀牛无法撞破它的。房屋后面的篱笆倒是破了几处。篱笆外是一片高高的杂草地。

"那里。"托马斯对小犀牛说。

在田地的尽头，有一个棚子。托马斯跑过草地，后面紧跟着小犀牛。

棚子的门敞开着，里面有旧工具、几罐干漆、一张翻倒的木凳。有一个角落的屋顶已经塌陷了，可以透过它看到天空。空气越来越冷，夜色来得很快。托马斯知道他必须迅速采取行动。他放下了包，开始把所有的东西从棚子里拿出去。然后他用一把生锈的锯子割了些长长的杂草。等托马斯觉得已经吃饱了，他便抱了几捧杂草进了棚子，盖在了有些泥泞的地板上。然后他把毯子铺在杂草上，坐在上面。

小犀牛正在吃灌木的叶子；在那昏暗的光线下，它只是一个影子，托马斯害怕它会迷路，担心它会不知道如何找到回小棚子的路。

托马斯脱下了胶鞋。最后的一小时路程,他一直感到双脚有强烈的灼烧感。雨靴太大了,他每走一步,都会感觉到橡胶的摩擦。托马斯脱下了袜子,他发现脚趾头上已经磨了几个水泡。他让自己光着脚,那样空气就可以帮助他愈合伤口。

托马斯打开了一听糖浆桃子罐头。他饿了,吃光了桃子罐头。托马斯控制着自己不吃得过快;最后,他把罐头倒过来,盖在嘴上,好让最后一滴糖浆也流进嘴里。

小犀牛回来了,就立在棚子门口。托马斯在黑暗中几乎无法辨认它。不知何故,夜晚使一切都变得更加困难。托马斯感到更加孤独,他的身体也更疼痛。小犀牛几乎无声无息地移动着,托马斯感觉得到它离得很近。那只动物散发出的热气包裹着他的脸。托马斯快速地抬起了一只手,抚摸了一下它。那只动物发出了有些尖锐的叫声,就像一个玩具喇叭,于是托马斯又远离了它。

"我知道我不应该回到农场的,"他说道,"但我必须得知道母亲是否安好。我好想她。我还需要知道卡罗丽娜那边的情况,还有阿方索、蒂亚戈、杜阿尔特和我所有的朋友,还有我的老师们,还有……"

他突然停顿不语。托马斯想起了那些人时的感觉太煎熬了,他想大哭,然而他不想让小犀牛看到他哭。他想让小犀牛知道他很坚强,不会连累它也身处险境的。

疲倦和困意重重地压在托马斯的身上,他把自己裹进了毯子里。他把门半开着——他想让小犀牛再靠近他一些。

他几乎立刻就睡着了。

没过多久,他就又醒了,浑身冰凉,脑袋一阵剧痛。外面仍是黑漆漆的。棚子的门口有什么东西在动,发出紧张的沙沙声;门被拖倒在地。托马斯并不害怕:因为他太累了,没精力害怕。此外,他也猜到发生了什么。

当小犀牛钻进棚屋时,地面都在震动。随后,在黑暗之中,那只动物竟躺在了他的身边,安静了下来。托马斯感到了它身体散发出的热量,他靠近了些去取暖。托马斯把头靠在粗糙、坚硬的皮肤上,然后再次睡着了。

当他再次转动眼睛时,已是早上了。太阳的光线穿过屋顶、墙壁板块之间的缝隙,射进棚内的空间,形成了无数条光束。小犀牛不在他的身边。托马斯觉得他可能是梦到了他在抱着小犀牛睡觉。其实,他对于犀牛这一物种一无所知。即便如此,跟一只体型庞大的野生动物共眠的事情也不大可能会发生。

托马斯发现了小犀牛在篱笆旁进食,之后,又在松树旁小便。托马斯觉得他的背部和两条腿都痛极了,但同时,他仍愿意继续前进。因为待在同一个地方是一个非常可怕的想法,甚至是危险的。如果想生存的话,就必须动起来。

他快速地吃了点东西,然后,把所有的东西都装进了包里。在离开之前,用刀在木门上刻下:托马斯到此一游。

一个下午,父亲去世大约三个月后,我离开了学校。我骑着自行车去了大坝。我一连好几个小时都坐在岩石上,静静地看着风吹过的水面。那只是为了让我自己远离人们。

卡罗丽娜却突然出现了,我问她在那里做什么,她回答说,"我不知道,但我知道你很伤心,我必须得帮你。你不能继续躲避你的朋友们了。"我想告诉她,她的处境很危险,但同时心里却希望她陪我坐一会儿。

她坐在了岩石上,就在我的旁边。她开始谈论最近几个月发生的事情,那些因为我逃离人们而不知道的事情。她的声音与风声混合,时不时还能听到水流拍击岸边的声音。她说她想我了。我没有回答,但我的手拉住了她的手。我们的手指交织成了一张密实的网,她靠在我肩上,我忽然记起了那天晚上的流星雨。我、阿方索和杜阿尔特躺在马厩后的干草堆上,他俩说个不停,细数着各自想要实现的愿望清单,而我什么也没有说,因为每次流星划过,我的愿望总是一样的:和卡罗丽娜谈恋爱。

　　下午很快就过去了,天空渐渐变暗。我俩离开了大坝,我们骑着自行车,穿过我们两家之间的小山丘。当我们在她家房门前说再见时,卡罗丽娜给了我一个吻。她说,"不要再逃避了。"

　　第二天早上,卡罗丽娜没有来上学,她住院了。她早就患有哮喘,并且又有发展成肺炎的趋势。她母亲说她可能要不了一个月就会去世的,我甚至都不知道她有哮喘。但这不是重点,重点是:这是我的错,是因为我的牵手,是因为我亲在她双唇上的吻。也就是那个时候,我决定了要离家出走。迟早在我母亲身上,也会发生一些糟糕的事。

他们走了好几个小时的乡道和土路,绕开了下坡路,因为山谷里仍有被水淹没的土地、汽车和房屋。他们远离时不时遇到的人群,他们不得不隐藏起来。托马斯并不想让任何人身处危境。此外,没有人会收留小犀牛的,而他更是绝不会弃它于不顾。

他们所看到的房屋都破败不堪:掀起的屋顶、大门,还有破碎的窗户、遍布地面的家具。哪儿都没有水或食物,但托马斯尚未为此担心,因为他的包里还有一些食物和水。然而,托马斯也想未雨绸缪,再备些东西。

正午刚过,他们就走到了一个村庄,虽然那是一个找到食物的机会,但托马斯决定避开村庄,因为他觉得避免与人群接触更明智。他们穿过一片似乎无穷无尽的玉米地,当他们从田地的另一边离开时,又重新走到了山丘斜坡上的羊肠小道。

之后,他们走到了一条小溪边,然而水流湍急且浑浊,他们不得不停下来。托马斯的腿部肌肉仍在颤动,但那都不是问题。他坐在河边的地上,脱掉了胶靴。当他扯下袜子时,他觉得织物已经粘连在了伤口上。托马斯咬着嘴唇不让自己喊出声来。他脚上磨的水泡破了,伤口裸露了出来。他把双脚塞进了冷水中,他先是感到了一阵强烈的刺痛,好像他的脚被点燃了一般,然后,浑身的肌肉好似都得到了深度的放松。

他躺在了地上。天空蓝蓝的,空气也暖暖的,好似春回大地。那让他对自己更生气了,整个世界似乎都想帮他。然而,他脚上的那些伤口却毁了一切。他们仍然有几个小时的日光可利用。托马斯本想充分利用光线的优势,然而,走路是一种活生生的折磨。

他把脚从水中抽了出来,疼痛感立即又回来了。他仔细地擦干了双脚,穿了两双袜子,然后套上了胶鞋。小犀牛的目光紧盯着他的手势。

"我们得走了,我们必须找到过夜的地方,尽量早点儿能停下来。"托马斯说,"对不起。"

他们继续走在狭窄的小路上,小溪在路旁流淌,路面又硬又热,托马斯觉得双脚在沸腾。每走一步,他都觉得所有的重量都集中压在伤口上,皮肤被撕裂了而且不断被摩擦。他被迫停下来,坐着休息了好几次。

小犀牛似乎没有被那种情况困扰：当有必要停的时候停，走的时候走。他俩始终保持着较近的距离。托马斯想起了昨晚发生的事：小犀牛躺在他身旁给他取暖。那么，他认为爬到小犀牛背部，然后走完剩余的路程也不是不可以的。但很快，他把自己的想法从脑海中删除了，他坚信那只动物绝不会让他骑上去的。

当他们已经被迫停下第四还是第五次的时候，托马斯把胶鞋和袜子都脱了下来。伤口更大了，血腥和疼痛糊满了他的脚，然后从脚上再传至腿上。他无法继续走路了，但是他也不能待在路中间过夜。他再次穿上了鞋袜。可是，他刚要开始抬脚，头晕得几乎整个人都要倒下去。

小犀牛立刻出现在他的身旁，用它强大和坚实的身体撑着托马斯。托马斯吃了一惊，不过也就是一瞬间，毕竟疼痛难忍，而且他已经筋疲力尽了。与小犀牛的接触给他带来了意想不到的喘息。他用一只胳膊搭在小犀牛的背上，支撑着身体继续前行。随后，他们离开了土路，走上了一条石子路。小路的尽头是一栋很长的石头房子：一个宽宽的烟囱立在房顶的一角，而房顶另一侧则较突出，门廊上方的覆盖物已经有些破损了，而且有一部分掉了下来，挡住了大门入口。不过，还是可以看得出来，那是一间餐厅，餐厅的右侧有一个仅能停下一辆车的停车位。

"肯定有急救箱,"他告诉小犀牛,"还有水。"

所有的窗户都被木板封着。托马斯可以尝试撬开它们,但他还是想看看是否有其他方法进入餐厅。托马斯一直靠着小犀牛,绕过餐厅侧面的破败花坛,刚走过拐角处,他竟看到一个孩子,一个看起来不到四岁的小女孩就站在花坛的小路上,托马斯吃了一惊,那小女孩好像一个幽灵。

"你好。"他说,低沉的声音更像是喃喃的耳语。

小女孩打了一个了寒战。当她听到托马斯说话时,几乎同时她也看到了小犀牛。她向后退了一步,又退了一步,托马斯刚想说些什么,小女孩竟跑开了,钻进了玫瑰丛里,消失在了托马斯的视野里。

"等等。"

托马斯放开了小犀牛,跟跄地跟在小女孩身后,玫瑰丛的倒刺挂住了他的衣服。托马斯脚上的伤口还在烧灼,他差点摔倒。快到一个有喷泉的小花园时,小女孩摔倒在地,她用她的小手捂着满是血迹和灰尘的膝盖。托马斯上前想去帮她。

"我不会伤害你的,好吗?"

小女孩看到了小犀牛出现在托马斯背后,她尖叫了一声。

"它也不会伤害你的,我们只需要水,你有水吗?"

小女孩摇头表示没有,然后站起身来。

"你父母在哪儿?"

"你离她远点儿!"

托马斯抬起了头,看到了玫瑰丛中站着一个男人,手持猎枪,就像一个随时可以为任务牺牲的战士。

"我不……"

"走远点儿,要么你就别想再动了。"

托马斯举起了双臂,就像电影里一样,来证明他并不想惹麻烦。然而,在他身后,小犀牛却发出了重重的咆哮声。

好一会儿工夫,那男人什么都没说,似乎不知道接下来该做什么了。

"是头犀牛。"他最后感叹道。

"我们需要水和药。"

小女孩向她父亲的方向跑去,消失在植被后面。

小犀牛的一只爪子在地上刨着泥土。

"你们走吧!我不希望这头野兽靠近我女儿。"

"我们会走的,我只需要看看餐厅里是否有急救包。我脚上有伤口,走不动了。"

"这是你的问题,不是我的。"

小犀牛又发出呼哧呼哧的声音。

"我觉得它想要发起攻击,您最好把枪放低点儿。如果您放下武器的话,它是不会伤害您的。"托马斯警告着说道,但他并不确定那是否是真的。

那个男人挪动了一下怀里的枪。很显然,他非常紧张。

"快走!"那男人喊道。

托马斯没有离开,反而静静地等待着。小犀牛也在原地纹丝未动,但是托马斯知道那样僵持下去,早晚小犀牛会发起攻击的。他们得快点离开那里。

"好吧,"托马斯说,"我们走。"

托马斯慢慢向后退了几步,再次靠在了小犀牛的身上。

"等等,"那人说,"如果你遇到其他人的话,告诉他们我需要帮助。我的女儿被困……"

托马斯看着那个消失在植被后的女孩,并没有理解那男人想表达什么。

"她?"托马斯问。

"不!是我的另一个女儿,"男人解释着,"她被困在里面了。"

那男人指了指餐厅。

托马斯从自己所处的位置,只能看到餐厅后部的房顶已经坍塌了。他突然觉得自己的身体都僵住了。那些残垣断壁下还有一个孩子?

"她还活着?"托马斯问道。

那男人愣了两秒钟,然后抽泣了起来。

"她还活着,"他说着,同时试图抑制自己的哭声,"至少昨晚是,今天我们还没有听到她的声音。可能她太累了,已经睡着了。所以,如果你看到其他人的话,告诉他们这里的情况。他们会帮我救出她的。"

托马斯连连点头答应了,一时间竟说不出话来。

"走吧。"他对小犀牛说。

星期四的黎明时分我离家出走了。前一天晚上,我的母亲还去了我的房间,跟我说了晚安。我让她多待一会儿,直到我睡着再离开。她抱着我,好像她很久都没见到我似的。她跪在床边,紧握着我的手。我们都沉默了几分钟。最后,我对她说:"给我讲一个父亲的故事吧!我没听过的。"她甚至不需要想太久,就开始给我讲她和父亲还是男女朋友时的故事。那时候他们在不同的城市上学,相隔几乎八百公里。有一天,父亲搭顺风车去找母亲,只是因为她写信告诉父亲她想念他的吻。当父亲赶到母亲面前时,他吻了她很久很久,仿佛那是一个永恒的吻。然后父亲就说了再见,返回了他自己的城市。当母亲在讲故事时,我只觉得我得必须迅速地挖出她话里的含义和教义,那些都是我要从父亲那儿学习的东西,且一定会涵盖在这个故事里的。

托马斯靠着小犀牛继续前行,即便如此,那也很艰难——就好像有针扎在脚上——他不得不停了下来。

"给我一分钟,我受不了了。"他告诉小犀牛。有那么一刻,他望着小路出神,思考着刚才那个男人跟他说的话,托马斯自言自语道:"你觉得我们应该回去帮他们,对吗?但你要记住:不好的事情总会发生在我身边的人身上……我知道,我知道,糟糕的事情已经发生了,但可能还会有更糟糕的发生……那我们继续赶路吧。如果我们遇到其他人,我们就跟他们说,肯定会有人帮助他们的……相信我,这是最好的解决方法。"

他沉默下来,闭上了眼睛。他试图寻找着什么东西,好让他集中精力、忘记疼痛。他想起了他的母亲和父亲;他想起了自己骑着自行车从小山坡到村口;他想起了卡罗丽娜的眼睛,还有她眼里散发的光亮;他想起了那个夏天夜晚村庄上空的繁星;他想起了他母亲用纤细而柔软的手抚摸他的脸,然后对他说,一切都会好起来的,生活不会因父亲的去世而就此停止;他想起了父亲冷冰冰的身体;他想起了刚才那位指着废墟之下的女儿的父亲;他想到了还被困在那里的小女孩,还有她被瓦砾压住的胳膊和双腿。托马斯脚上的疼痛虽未消失,但正在一点点减弱、一点点变轻,然而却叠加在另一个更大的痛苦之上,那痛感更深、更强烈、更不知所措。他再次睁开了眼睛,觉得内心之中汹涌澎湃。突然之间,他觉得自己远离餐厅似乎是最坏的解决方案。

"我知道你也在想刚才那个男人和他被困在瓦砾下的女儿,"他愤愤地对小犀牛说,"你觉得我们可以帮他们?别做梦了。你能想象如果我们试着去救那女孩,最终会发生什么吗?相信我,他们最好还是离我们远远的……我知道了。你有力气,你可以把那些石头都弄走,然后就有空间救那女孩了。但是你有没有想过,那些石头可能会落在她身上?这种事情你必须考虑,尤其是我在一旁的时候……你看看,在我父亲身上发生了什么。难道你希望同样的事情发生在那女孩身上?我们去找人帮忙吧。走,我们去找人!我也不知道去哪儿找,但是,我们得找……"

他停了下来,不再讲话,一屁股坐在地上。小犀牛慢慢走近,俯身把自己的头拱到托马斯的脸旁。那动作立刻抚平了托马斯脑袋里旋风似的思绪。他轻轻地抚摸了一下小犀牛又硬又厚的皮肤。

"你说得对,"他最后说,"也许我们谁也找不到,那女孩就永远待在那里了。好吧,我们去帮帮他们。"

他们回到了餐厅的后面,那个男子坐在废墟旁的露天咖啡椅上。托马斯无法想象在那堆石头和板子下,可能还有一个活着的小女孩。托马斯看到了一根一头拴在木桩子上的绳子,可能是那个男人尝试过拉动绳子来拽开那些大石头。那个男人怀里抱着他的另一个女儿,他的嘴巴靠在她耳边,低声说着什么。托马斯虽听不到,但应该是一个寓言,或者是一则童话故事,也或者是一首歌。

托马斯向小犀牛示意,好让它留在原地,而他自己则慢慢靠近那男人。他的脚踩着小碎石路发出了响动,那男人猛地抬起了头。

"我们可以帮助您。"托马斯说。

"你带人来了吗?"那个男人问道。

"没有,但可以让我们试一下……它有力气推动石头……或者拉动绳索。"

那个男人笑了笑。

"你脑子坏掉了……"

"我知道。可是,如果她没有水也没有食物的话,坚持不了多长时间了。我一路过来,并没有看到其他人……我觉得小犀牛可以的。"

那男人看着小犀牛,怀疑着,几乎感到托马斯的提议是一种冒犯。

"那是一头野生动物,"他惊呼道,"它不会因为我们想要做什么就顺着做的。"

"我会跟它解释……它听我的话。"

那个男人又笑了笑,紧张且困惑。

"和它说话吗?你怎么跟它解释?"

托马斯并没有回答,他其实并不确定是否可以说服小犀牛来做拯救女孩所需做的事。那个男人看着他怀里小女儿的脸颊,孩子睡着了。他微微一笑,然而几乎同时泣不成声。托马斯想象得到那男人内心的焦灼:有人提供帮助的释放和对未知的恐惧。

"好吧,"他最后说道,目光未从小女孩身上移开,"我让你们试一下。"

他把小女孩抱在怀里,起身站了起来。他穿过小庭院,来到一棵橙子树下,一棵在暴风雨下幸存的橙子树下的小小的露营帐篷前。那个男子把小女儿轻轻地放在帐篷口处的石板上,然后,他回到了废墟旁并拿起了绳子。

绳子的一端是一个环形,他肯定尝试过用它绕在自己的腰间来拉动木柱子。

"如果你觉得你能把这个套在那动物的脖子上的话,那就来吧。"

托马斯转向小犀牛。它仍在同一个地方,嘴里空嚼着什么。托马斯做了个手势,然后慢慢向后退。

"过来,"他轻声说道,"过来。"

好几秒钟,小犀牛动都没动。之后,它好像感觉到了托马斯的鼓励,慢慢向他走去。

托马斯觉得他的心跳在加速。小犀牛还只是一只幼崽,它的角也只不过还是一个很小的凸起。但即便如此,它也算是一个大体型且强壮的动物,至少比托马斯大得多。如果它想的话,随时都可以杀了他。

那个男人把绳子放在地上,然后走到了帐篷旁。

托马斯蹲下来捡起了绳子。

小犀牛继续慢慢向前靠近。

托马斯举起了绳子,好让小犀牛清清楚楚地看到它。

小犀牛停在了离托马斯很近的位置。

托马斯朝它走了一步。小犀牛抬起了头,但它并没有走开。托马斯又向前迈了一步。

"我知道你能做到的。"他轻声地说,就像那个男人哄他的女儿睡觉一样,"首先,我会把绳子套在你的脖子上。对你来说,这一点也不难。然后,当我说使劲儿的时候,你只需要拉着它就行了,就这样。我会帮你的。我们把小女孩救出来。我知道我在说什么,坏事总因我而发生。你在想我的父亲?你在想他是因我而死。但是……"托马斯在继续行动之前,犹豫不决地自导自演着对话。"可是如果这不是真的,那该怎么办?那个救我的老人说,我对整个世界来说也不算什么。我知道难以置信……但如果我们不这样做的话,也还是会有别的事情发生。让我把绳子套在你脖子上吧。相信我!相信……"——托马斯一边说着,一边伸手拿绳子绕过小犀牛的脑袋——"我。"

小犀牛稍稍抬起了一点它的大脑袋,又微微向后挪了挪,但它并没有阻止托马斯调整套在自己脖子上的绳子。

他们整一分钟几乎都纹丝未动,托马斯担心小犀牛意识到它自己被绳子套住了。

所以,他并未做出太大幅度的动作。他慢慢地起身,而小犀牛的目光也紧跟着他。

"我们准备好了,"他对那个男人说,"您觉得可以了,我们就开始拉。"

在庭院的另一边,那个男人紧张地望着托马斯,双手合十在胸前。

"我们准备好了。"托马斯重复道。

"好的,当然。"那名男子说,然后快步走到废墟前。

"不,"托马斯说,"别跑,不要惊到它。"

"对不起。"那个男人说。

他的动作慢了下来,他缓缓蹲了下去并用双手抓住木桩子。他再一次看向小犀牛,托马斯想象得到他内心的恐惧。他们准备做的是件极其疯狂的事:如果小犀牛拉得力量大了,那么瓦砾就可能塌在女孩身上。有那么一瞬,托马斯希望那男人放弃救人的想法。猛然间,托马斯听到他喊道:

"可以拉了。"

托马斯深吸了一口气,盯着小犀牛。

"就现在,"他说,"加油!"

托马斯指挥小犀牛转动了一下身体,保证位置和方向都正确。然后,他看着眼中的那只动物,鼓励它再多挪动几步。

小犀牛挪了几步,直到绳子被拉得直直的才停下。

"怎么回事?"那个男人问道。

"没事。"

"我知道发生了什么,这是头野生动物,你不能强迫它做你想做的事。"

"来吧。"托马斯对小犀牛说,忽略了那个男人的话。"加油!我知道你可以的。"

小犀牛没有动,绳子还紧紧地套在它的脖子上。

托马斯把他的手放在小犀牛的鼻子上,另一只手放在靠近它的耳朵的位置。他感觉得到它温暖的、皱皱巴巴的皮肤,还有下面流动的血液。他保持了一会儿那样的安抚姿势。

"那女孩需要帮助,"他最后说道,"我们可以帮她,一切都会解决的。加油吧!"

他拉着小犀牛的头部,只用了一点点力气,就足以让小犀牛体会到它到底需要做什么。

小犀牛迈出了一步,之后,另一步、再一步。绳子绷得更紧了,在空中形成了一条抖动着的完美直线。木柱子也随着拉力晃了晃。

"慢点儿。"那男人喊道。

托马斯轻轻按着小犀牛的头,它随即慢了下来。

"慢慢地,"托马斯对小犀牛轻声重复,"我们不能让木桩子一下子倒下来。"

小犀牛感觉到了托马斯的手,它继续拉动着。那场景就像托马斯在控制一台机器,或者可以理解成托马斯和犀牛已合二为一:托马斯的肌肉与那只动物的肌肉连在了一起。

木桩子转动着,慢慢地开始滑动,渐渐地抬起了一部分坍塌的墙壁并在瓦砾中撑开了一个小口子。

"停,"那个男人喊道,"不要再拉了!"

托马斯轻轻推了推小犀牛的脑袋,它随即停了下来。

"对,是这样。你别动,别动。"

绳子仍然紧绷着、牵拉着木桩子,而木桩子支撑着墙壁。托马斯可以通过他的手感到小犀牛正在使出的力量。那力量正是维持绳索拉力的源头。

那个男人俯下身子朝里面望去。

"你们再坚持一下,"他喊道,"我可以钻进去把她救出来。"

"我们可以的。"托马斯说。

那个男人还没等托马斯更多的答复,就已经爬进了碎石洞里,之后完全消失了。

静默从地表升起,在田野、天空和托马斯的身上蔓延四散。托马斯觉得小犀牛的爪子在跟它自己的腿较着劲,绳子像刀片一样勒在小犀牛的皮肤上。虽然托马斯有些微微颤抖,但他努力让自己的手平稳地按着小犀牛的头。他担心那只动物会因为他指尖紧张的状态而改变拉动的位置和力量。

托马斯把自己的头贴近了小犀牛的鼻子,他的脸上感觉得到它呼出的热气。

"一切都会顺利的,"他喃喃道,"之前是我错了,原来因为我,好的事情也会发生。"

那男人的头部出现在瓦砾之中,然后是他的肩膀。托马斯看到他蠕动着,一半的身体已经在废墟之外了。那个男人又把手臂伸进洞里,空间虽然狭小,但他紧紧拽住了他的女儿。小女孩也出现了,好像她刚刚从地下被生出来一样。然而,她没有任何反应——或许已经死了。托马斯不知道,也不敢问。

那个男人用自己的身体将孩子裹住,慢慢将身体一点点挪出废墟。

小犀牛的爪子紧紧抓着地。木柱子难以承受墙壁的重量,而小犀牛的力量也将殆尽。

开始有小瓦砾从上方落在那男人身上,他叫了一声。

托马斯以为他被压住了,急忙扶着小犀牛的头并拉动着它。

小犀牛挪了一小步。

那个男人爬行在狭窄的开口,下一个瞬间,全身都挪了出来。

"好了。"托马斯说,他松开了小犀牛的头。小犀牛立即退了好几步。

木柱子瞬间断裂,坍塌在地,立刻造成了一大团灰尘。

小犀牛跪着,气喘吁吁的,它的呼吸沉重且粗糙。

托马斯迅速拿掉了小犀牛脖子上的绳子,然后他抱着它的脑袋,哭了起来。

"真是难以置信,"他喊道,"我知道你可以的。"

托马斯抱着小犀牛,抚摸着绳索勒过的皮肤。随后,托马斯看着那个男人。他正坐在地上,靠在女儿身上,双手放在她的脸上。

"她还好吗?"他问。

那个男人开始哭泣。

"她还好吗?"托马斯重复问道。

那个男人抬起头来,哭泣不止,但在泪水之中也能得出来他脸上洋溢着的微笑。

当我出生的时候,我的父亲盖好了我们现在的房子。在此之前,他和我的母亲住在农场原有的一间小房子里。据说房子只是一室一厅,锌皮屋顶,还有被虫子蛀掉的木墙,但他们住得很开心。那房子年久失修,住一年,少一年,总会垮的。我父亲为我建了一个新房子,他告诉我说,他现在盖好这栋房子,目的是让它永不倒下。我问他怎么可能存在一个永不倒下的房子呢。他回答说,"是,当然不可能。你是对的。没有什么可以天长地久。"然后他又补充说道:"但这栋房子至少能坚持两百年,两百年的话,也算是永恒了。"

夜色悄然笼罩了大地，漆黑且沉默。冷风吹来了铺满整个天空的云层。那个男人在帐篷口不远处的地方点燃了篝火，火光散发的热浪就像是在变魔法。他们从餐厅的储藏间搬来了一个床垫，然后都坐在上面。他们以地为桌，饱餐了一顿。在他们和篝火之间的空地上，几个空空的金枪鱼罐头、一些装香肠的玻璃瓶子、一包空饼干袋、一包空薯条袋和几瓶空饮料瓶全都散落在地上。帐篷里面，在同一个睡袋里，小女孩们相拥着睡着了。

小犀牛走得远远的去进食。托马斯在黑暗中看不到它，但他知道它就在那边。

那个男人拿起了一个瓶子。

"谢谢你们所做的一切。"他在喝之前说道。

那已经是他在不到一小时里的第七次致谢了。

托马斯记起了父亲曾经常说的一句话，虽然他不确定是否适合当时的情况，但他还是对那男人讲了出来。

"我们唯在失去时,才知道珍惜。"

"我本身就很爱我的女儿啊,"那男人微笑着说道,"不过,是的,你说得对。"

"是我父亲说的。"

那个男人又笑了笑。

"对不起,我还没有给你水喝,我只想着我的女儿们了,还不知道我们要在这里待多久。"

"没关系。换作是我的话,我也一样。"

"不,我不这么认为。如果是我问你讨水喝,我觉得你会给我。"

"如果我有两个女儿,其中一人被困在废墟下,也许我就不会。"

"你是个好人。如果你不是的话,你就不会折返回来帮我们了。"

托马斯想起了父亲,还有发生在父亲身上的事儿。于是,他决定转移话题。

"她困在下面多久了?"

"快两天了……我陪她们一起去北岸①露营。我妻子没跟我们在一起,她得留在市里上班。当我们接到通知,

---

① 北岸,地名。葡萄牙语原文为:Costa Norte。

说是飓风快来了，我们就已经往回返了。我跟我妻子在电话里决定：最好我带着孩子们先找个地方躲一躲飓风，她随后会跟我们汇合。我就想起了这个地方，因为我和我妻子谈恋爱约会的时候经常来这里吃午餐。我到这儿的时候，没有看到任何人。餐厅大门紧闭，我们进不去，我不得已打破了储藏室的大门。我们在储藏室里躲过了飓风……"

"那您妻子？"

"自从我们来到这里，我就没能跟她通上话。我给她发的消息，也不知道她收到没有。但是，我们也不能走。万一她到这里，而我们不在，那该怎么办？"

"飓风来的时候，您女儿还困在下面？"

"不是的，我们幸存了下来。幸好，我们的车也保住了，但餐厅的情况很糟糕。前两天，我一不留神，我的女儿就钻进了那里。恰巧屋顶的一部分塌了下来，压住了她的腿，她动弹不得……与死神擦肩而过，全凭运气啊。"

托马斯看着帐篷里酣睡的小女孩们。她父亲将她从废墟中救出来后的很长一段时间里，她都因为右腿的疼痛而哭闹不止。最后，她吃了点东西。筋疲力尽了才抱着她的妹妹睡着了。那男人担心她的腿是否骨折了，但他并不想在黄昏时分冒险带着两个孩子出去找医生。

"运气也是很重要。"托马斯说。

"是的。我也这么认为……你从城里来?"

"是的。"

"情况怎么样?"

"到处都是被摧毁的建筑……泛滥的河水……四处都是泥浆……一些街道上,水有一层楼那么高……"

"有人吗?"

"有人,但看起来不像是人更像是……鬼。"

"死人了吗?"

"是的。"

"你的父母?"

"不,"托马斯说,"我的父亲不是因为飓风去世的,他半年前就去世了。我母亲不和我在一起,我一个人在城里。"

"你一个人做什么啊?"

托马斯在讲真话和编谎言之间犹豫着。

"我一个星期前离家出走的。"他说。

"为什么?",那男人惊讶地问。

"是因为一个误解……"

"和你的母亲吗?"

"不,只是在我脑海中的一种误解。"

"那小犀牛……是你的?"

"不，我帮了它，然后，他帮了我。一连好几天，它都跟着我。我觉得它很信任我，就好像我是它的爸爸，它还是一个幼崽，可我不想当它的爸爸。"

"你不用当它的爸爸，你可以成为它的朋友。"

那个男人站了起来，在废墟一侧取了两块木板。他把板子架在篝火上，站在一旁望着火苗。火焰先是小了一点，随后又燃烧了起来。

托马斯看到小犀牛的影子在黑暗中穿过庭院，紧接着，它躺在了杂乱的玫瑰丛旁。

"您怎么知道拽那根木桩子就能行呢？"他问。

"我不知道啊。"

"也有可能完全行不通啊。那样的话，石头就有可能砸下来。"

"我明白，但什么都不做也是在冒险。"

"那您钻进那个洞里的时候，您不害怕吗？"

"可能有些害怕，但我不记得了。"

"您可能会被困住，甚至可能面临死亡。"

"你说得对，确实有可能。"

"如果您死了，那就是您女儿的错，因为是她跑到了那里边。"

那个男人从垫子上坐了起来。

"你确实可以这样理解一些事情,但这样思考的话,那你得继续向前看看整个故事,因为没有任何一个事件是孤立存在的。我钻进废墟,是因为我的女儿在里面。但她钻到了那里,是因为她饿了。她饿了,是因为我们在等我的妻子。而我们困在这里这么久了,是因为飓风。而飓风……总之,飓风只是做了飓风该做的事。"

托马斯笑了起来。那个男人也笑了。

"但是,你也可以这么想,"那个男人接着说道,"如果我死了,错也不在我女儿,也不是你或者你的小犀牛的错。错就错在那坍塌的墙面压死了我,仅此而已。"

托马斯感到了与之前同样的一股悲伤撑开了他的胸腔,将他的器官逼向骨骼,就好像一个想要逃脱的虫子。他的泪水在眼眶里打转,他把头转向篝火,好让那男人看不到他的脸。

"我说的这些其实都不是最重要的。"那人接着说道。

"不是吗?"

"不是。最重要的是:无论什么事情都会有好或坏的结果。"

"我不明白……"

"你试想一下,例如,你离家出走的那一刻,我敢肯定,对你妈妈来说,就是不好的。但是,如果你没有成功离家出走的话,你就不会和小犀牛出现在这里,而且一起救了我的女儿。"

托马斯望着黑暗,看向小犀牛睡着的地方。他觉得他的身子变轻了些,那男人说的话是有道理的。但不仅如此,那是自他父亲去世后的第一次——他能用不同的方式看待事物,那感觉就像一个色盲症患者,突然可以看到真实世界里的五彩斑斓。

"也许是真的。"他最后承认道。

那男人又笑了笑。

"我还没介绍自己呢,我叫加斯帕尔,你救的是特蕾莎,还有,那是丽塔。"

"我叫托马斯。"

"谢谢你。"那是男人第八次致谢了。

托马斯醒了,但好像他在水下闷了很长时间,刚刚浮到表面。

加斯帕尔正摇晃着他的肩膀。

"醒醒。"他说。

托马斯睁开了眼睛。眼前已不再是漆黑的夜,而是有一层精致面纱似的光芒覆盖在地平线上,已经可以看清事物的形状了,但距离天大亮还有一段时间。

"发生了什么事吗?"

"我的女儿,她不太好……她在发烧……我必须带她去医院。"

托马斯坐了起来,背上披着毯子。他浑身发冷,篝火只残留了一些温温的炭灰。然而,托马斯脚上的疼痛感还未完全消失,但已没有那么强烈了,似乎只剩痒了。

小犀牛又在吃树叶。

特蕾莎躺在其中一个床垫上,睡在她妹妹的膝盖上。加斯帕尔从一边走到另一边,把东西整理进袋子里。

托马斯用力揉了揉眼睛,只有那样他觉得大脑才会开始工作。他意识到又将只剩他跟小犀牛俩了。

"您的妻子?"他问,"她来的话……"

"我知道……但我女儿的腿,这样的话,我们不能继续再留在这里了。"

"您要去哪里?"

"翻过几座山丘,我知道一些村子里有门诊部,有可能还未遭到破坏。"

加斯帕尔拆下了帐篷,把它装进了背包里。他拿起袋子和背包,紧接着,把所有的东西都装进了车里。

托马斯感到了紧迫感,他得赶快做出决定。几分钟内,加斯帕尔会和他的女儿们出发。他能和他们一起吗?不,他们开着车,而小犀牛没法跟上汽车。此外,他不想去他们去的地方。他就想回到农场,拥抱母亲,永远不要再离开。

加斯帕尔俯身蹲在丽塔面前。

"我们要走了,"他告诉她,"我知道你只有四岁,但你得懂事。我可以相信你吗?"

那小女孩点了点头。

"你要留在这里吗?"他问托马斯。

"不,我们也准备走。"他回答说,虽然他并不确定他的脚是否能继续走路。

"你确定?"

"是的,我决定回家去。"

他们握了握手。

"祝您好运。"托马斯说。

"后会有期!"

加斯帕尔把特蕾莎抱在怀里,丽塔则抓着父亲外套的衣角。

他们仨消失在玫瑰丛之间,很快托马斯就听到了汽车的电机声和轮胎压在碎石上的转动声。随后,寂静再次来袭。

我的父亲消失了，他留下的空洞如同宇宙般大小。我害怕在这个无限的空间中迷失自己，我不知道如何摆脱它，我将永远沉浸在悲伤之中。如果存在一个合理的解释，一切就会容易很多。即使他因我而死，那内疚也比悲伤更容易忍受，可是并不存在任何解释。

太阳爬上了天空，空气也跟着热了起来。托马斯一走路，就会不断地被脚上的伤口刺痛，他艰难地赶着路，疼痛也还能忍得住。通过托马斯的计算，他们离农庄已经不远了。他们一连走了好几日，但倘若他们选择走捷径，就必须穿过树林，那样就没有大路可走了。

他们离开了公路，沿着一条小路缓步走着。根据地图的指示，只要他们穿过那个斜坡，就无须绕过山丘了。托马斯感到了自信和满意，甚至几乎疼痛感都令他愉快。

"我们还可以跑回去，"他笑了笑，"我们明天就能到家，也许就是今天。"

他想起了母亲，还有母亲的拥抱。

他想起了他从农场出走的原因——现在好像看起来很莫名其妙，可是当时的感觉就像拼图突然缺失了一块。

他感到了无比的释怀，那感觉就和加斯帕尔对话的前一天感受到的一样。

"不是我的错。"他想。

一切都是真的吗？当时他对父亲的死亡负全责的想法如此根深蒂固、不可撼动。

"不是我的错。"他轻声地说道，然后又说了一遍，声音更高了一点，"不是我的错。"

释怀感温暖了他的身体，竟升华成了一种自由。那种自由就好像一颗打中他的子弹，没有丝毫延时，给他的胸口留下了一个深深的、悲伤的洞。错不在他，错也不在蛇，错也不在马。那就是一场意外：偶然事件的总和，其结果就是运气不佳。

托马斯觉得泪水已模糊了双眼。

父亲已经死了，就这样。所留给他的是空虚感和浓浓的思念。

他的眼泪又开始滑落下来。托马斯继续走着，而他已看不清前路，也没有力量抵抗如潮般的悲伤，仿佛他的父亲又死了一次。或者说，仿佛只有在那时、那么长时间过去之后，他才意识到自己身上曾背负着无限的痛苦。

最后，托马斯不知如何继续走下去，他只好停了下来，坐在了地上。他的双手抓起了一些泥土，突然他有一种钻进地球，并消失在地球里的冲动。

泪水仍止不住地流——也许他会永远哭下去。

"为什么我爸爸死了?"他想,"为什么我爸爸死了?为什么我爸爸死了?为什么我爸爸死了?为什么我爸爸死了?为什么我爸爸死了?为什么?"

那个问题就像一条捆在他身上的绳子,"因为我爸爸死了。"他呜咽着喋喋不休。

小犀牛靠近了他,用它的鼻子,温柔地蹭着他的腿。托马斯没有动,小犀牛又蹭了蹭。

"对不起,"托马斯说,"我觉得我做不到。"

小犀牛发出了一声咆哮。

"这已经不是我的脚了,"他解释道,"这是别的东西,你不会明白的。"

一分钟过去了,悲伤蔓延到了他的双臂、腿部、腹部、背部还有头部,仿佛要把托马斯从他自己的身体剥离并驱逐出去。

又过了一分钟,哭似乎是唯一可行的事。

随后,托马斯感到小犀牛的身体正慢慢地靠近他。

托马斯想拥抱一下它。就在下一秒,他紧紧抱住了小犀牛。他的脸挨着小犀牛坚硬、褶皱的皮肤,他感觉得到那下面流淌的血液。

小犀牛在他的怀里轻轻动了动。

他们很长一段时间都相拥在一起。

托马斯无法停止哭泣,但他的抽泣声渐渐弱了下来,呜咽声也渐渐停止了。他知道他必须继续前进,但他的肌肉就像被冻住了一样。

紧接着,他不假思索地,像是在做梦一样,就爬到了小犀牛的背上。

小犀牛一动不动,直到等托马斯完全骑在它背上,它才站了起来。

"走吧。"托马斯说。

小犀牛开始向前行进。

错不在我。

电机的噪音从远处传出,充斥了整个上空。托马斯知道那是一架直升机,那是两天内他发现的第五架了。托马斯就像前几次一样,轻轻地把小犀牛引到路边的灌木丛中躲起来。那一系列动作早已习以为常,近乎出自本能。他在小犀牛背上骑了那么长时间,已经习惯了如何给它指令。通过一些细小的动作——牵拉和拍打,来示意小犀牛听从于他。

他们在一棵橡树下停了下来,静静等待着。直升机正好从他们上方经过,躲避只是一种预防措施。在过去的几天里,他们遇到了成群结队的步行者,人们一看到犀牛就害怕得不得了。尽管它还是一头幼崽,但它毕竟是头野生动物。飓风过后,人们总免不了恐惧和惊慌,有些人甚至还带着猎枪出逃。托马斯知道:迟早会有人因惊慌失措而试图射杀小犀牛的。

"我们到了农场,我母亲会知道该怎么做。"——托马斯前一天就已经告诉过小犀牛,尽管他并不确定。他的母亲是一名兽医,早已习惯与大型动物打交道,但她还从未照顾过一头犀牛。

直升机在山丘后面消失了,他们继续赶路。他们缓慢走在上山的路上。山下面,河水溢出,已淹没了岸边的农作物。一股酸腐臭味从平原上升起,好似大地正在腐烂。他们一连好几公里都走在牧羊人踏出的小道上。下午时分,他们又回到了蜿蜒狭窄、布满车辙的沿山公路上。

农庄已经不远了。托马斯认得那条路。每当他和父母亲想爬山去看看雪景的时候,他们就会走那条道儿。

"我们明天就会到家的。"他一边告诉小犀牛,一边抚摸着它的脑袋。

悲伤早已没了踪影,托马斯一直依偎着小犀牛,就好像流浪猫终于找到了主人。时不时,他还会流眼泪——他还太小,仍无法承受那巨大的悲伤。然而,不知何故,骑在小犀牛背上,事情似乎变得容易很多。那小动物的力量似乎无穷无尽,托马斯觉得自己受到了保护。要是他一个人的话,他不会那么快到家的。

他们走到了山丘的另一侧,托马斯决定停下来休息休息。从那里开始,都是下坡路,一直到旧谷。想要回家,他们将不得不通过山谷里的国道、穿过村庄,然后,再爬一个小山丘。所以,在他看来,休息几个小时会更好,因为夜幕降临之后,再穿过那些地方的话,就不太会被人们发现。

他们找到了一块岩石的凹陷处。于是,躲在其中,以免受到狂风袭击。托马斯从小犀牛的背上下来,而小犀牛则慢慢走开去寻找吃的。托马斯再次"脚踏实地"的感觉还不错,他坐靠在岩石上,慢慢地吃着口袋里所剩无几的食物。

小犀牛回来了,就躺在他身边。

从那里可以看到山谷的一面、耕地和分散的房屋。此外,还有一个风力发电厂,以及旋转着的、修长且巨大的叶片。

"你看到那些风车了吗?"托马斯说,"再往下走一点点,就是我们的农场了。如果我们有辆车的话,半小时内就能到。"

他们睡了几个小时。当托马斯再次骑在小犀牛背上时,已是一团漆黑了。哪儿都瞧不到月亮,天上厚厚的云层覆盖着星体。

他们一路顺着国道下陡坡。尽管黑漆漆的,小犀牛似乎知道自己身在何处且要去向哪里。托马斯想象着小犀牛在广袤的大草原上,在夜幕降临之后,在一片黑暗的土地上行走,分不清天与地,而小犀牛与大象、角马还有狮子擦肩而过,由着自己的直觉和本能指引着前行的方向,那里才是真正属于它的。不知道如果真那样的话,它是否有能力回归大自然呢?虽然并不能叫作回归,因为小犀牛是出生在动物园里的。它只认识围栏圈起来的一小片儿地,还有饲养员和游客。如果小犀牛踩在大草原的红土地上,那会发生什么呢?也许它将无法生存;或者,也许它知道该怎么做;也许在它体内的细胞,通过具有魔力的遗传基因,仍保留着它出生前的记忆。托马斯知道遗传是什么,因为那是他母亲最感兴趣的事情之一,是她一直钻研的课题。鸟儿筑的巢、蜘蛛织的网、鱼儿遨游数千公里所产的卵……没有哪个动物专门学习如何做那些事情,但它们天生就懂得自己的使命,而且清楚地知道如何去做。托马斯继续想象着:多年后,一头犀牛,也就是他此刻所骑的那头小犀牛的曾孙,在大草原上行走时,也会遇到一个男孩,而且不知道为什么,也会让那个男孩骑在它的背上。那是一个疯狂的想法——遗传学并非那样运转。即便如此,他还是决定相信梦想会成真。

他们继续走了一个多小时,黑暗中唯一的响动就是小犀牛的爪子摩擦柏油路面的声音。他们没有看到任何人,道路旁的房屋也只不过都是些黑影儿。他们终于到了山丘脚下,托马斯从小犀牛的背上下来,好让它也休息一下。

他们已经走到山谷里的第一个村庄了。托马斯把手放在小犀牛耳朵偏下的脖子处,那样他俩不至于在黑暗之中走丢。周遭一点动静也没有,全然的沉静。也许所有的人都已撤离,一个也不剩;也许村庄被摧毁了,死了好些人;也许那里还有尸体,无人去葬。那些想法让托马斯心跳加快,再加上黑暗,什么也看不到,他再次爬到了小犀牛的背上。

他们快速离开了村子,路上没有泥,很干净。临近的河水也没有溢出。有可能旧谷并没有受到飓风太大的影响。托马斯一直逃避着思考农庄的情景,但突然间,他觉得自己离家那么近,他已经无法从农庄已被毁的可怕想法中解脱出来了。

他们走到了下一个村子。云层在天空中移动,就像一场精彩的魔术,星辰的光线点亮了夜晚。托马斯看到了几个被毁的房屋,一些被淹的田地和至少两辆被卷起的车子。他想到了母亲。也许,当她得知飓风来袭的时候,她已经离开了农庄而且此刻肯定一切安好。如果是那样的话,托马斯必须决定:他是去找母亲,还是留在家里等她。但也有可能,母亲留了下来,独自一人面对飓风,等待着随时可能回家的儿子。

"我应该和她在一起的。"他想。

然而,托马斯觉得也许是因为他的离开才造成了那么大的伤害。不管到底是哪一种情况,他很难不感到内疚。因为加斯帕尔是正确的:一切行动都会产生后果。去或留、睁开或闭上眼睛、举起或放下手、微笑或不微笑、开口或沉默,每一个决定都将有不同的结果,并在每一个结果之下,好的和坏的事情都有可能发生。悲伤在托马斯的胸口慢慢展开,像一条蛇。小犀牛放缓了步子,仿佛它发觉了背上托马斯重量的变化,而它仿佛知道那是为什么。

尽管有星星,但仍是黑夜。托马斯觉得困意拉扯着他的眼皮,他的头靠在犀牛的脑袋上,他感觉得到那动物有节奏的摆动和厚厚皮肤下的热量。他想永远待在小犀牛背上,而且永不停歇地行走在世界各地。那样的话,好让他不再去想农庄的事情。

托马斯并没有睡着。他们穿过了几个村庄,看到了一幢房子窗户里透出的灯光,昏黄的光线,可能是蜡烛或壁炉。他们远远地绕开了,没有发出任何响动,也没有看到任何人。

不久之后,慢慢地,好像太阳在与宇宙抗衡,天空开始明亮起来,呈现出淡淡的棕色还有飘浮着的、薄薄的雾气。长且宽大的山谷在山丘之间现了身,可以看到丛林还有松树林,散落在斜坡上的村庄,还有不断旋转的,像一朵巨花儿似的风车。

托马斯意识到他们离农庄不远了。刹那间,他感到极其疲惫,好像上周所有的努力都变得难以忍受,并且在他的肌肉里炸裂开。他此刻想要的只是回到农场,拥抱他的母亲,然后好好睡几天,直到再回忆起一切时,只觉如梦一场。

再向前一点,大路旁有一条近道:一条向左的通向山坡的小道。

"这里,"托马斯说,"我们走这儿。"

很久以前的某天,我问父亲关于他和母亲想要住在山谷里的原因。他却反问我说:"为什么我们不想要住在这里呢?"他没有再说别的。我父亲总是面带真挚的微笑,但他寡言少语。我记得很清楚,他从不多啰唆,也很少讲故事,他可以一整天都不开口。然而,自他离世以来,他的声音一直在我耳边回荡。他曾经告诉过我,一切的记忆就像一盘录影带,会存留在我的脑海中,总有一天会出现的。

当他们走上小路时,托马斯急切地渴望看到人。他知道他应该让小犀牛远离人群,但他此刻希望见到熟悉面庞的意愿更加强烈。他的朋友们若看到他骑在一个野生动物背上会有什么反应呢?他们会觉得他像漫画书里的英雄?卡罗丽娜会说什么呢?托马斯倒是没有感觉自己像英雄,相反,他的感觉是自己做了很多错事。

村庄里前几栋房子的情况看起来都不算太差:倒下的围栏、几片被掀起的瓦片。除此之外,没有其他损毁的地方。然而,在稍靠后的地方——操场宽阔的曲线之后的位置,托马斯看到了一座埋没的房子。他可以想象得出飓风撕裂的大树,以及被淹的软塌塌的土地,一起朝着低处流动。他停了一会儿,盯着那房子。最后,他说:

"我的朋友阿方索就住在那里。"

他喊着他朋友的名字,但无人应答。他急切地想冲回农场。

他们继续走着上坡路,还有其他掩埋的房屋、马厩、花园、大棚和柴房。托马斯上周已经见识到了被飓风和洪水摧毁的土地和房屋,四处流淌的泥浆和散落各处的垃圾。然而,那里却不同,就好像山丘被飓风刮倒了,而且试图吞下那里的一切。

他们终于走到了路的尽头,托马斯从小犀牛背上下来。

"是这里。"他对小犀牛说。

农庄的大门敞开着,他们径直走了进去。通向房子的小径是农场中最美丽的地方之一,两边有巨大的橡树,树枝拱起了一条绿色的隧道。橡树都还笔挺着。

托马斯开始奔跑。

他看到了房子:映入眼帘的屋顶、划分果园和农庄的围墙,然后是侧壁的六扇窗户,最后是石门廊的尽头。

一切都还算完整。

"一切都还好。"托马斯松了一口气。

"一切都还好。"他回头对小犀牛喊道。

只有他来到房前空地时,他才意识到房子另一边、更靠近斜坡的位置,有很多泥土和树木,已经覆盖了车库和工具房。

"妈妈!妈妈!"他叫着。

他一次跨了四级台阶,那动作好像他已经做了成千上万遍了。母亲每天细心照料的植物掉落在地,花盆都碎了,土也撒了一地。

"妈妈!"他喊道,冲进了房子。

他从门厅跑到走廊,然后跑到了大客厅,好像他脚上绑着弹簧似的。紧接着托马斯看到了她。

"妈妈!"他又一次喊道。随后,他感到他的声音好似逐渐熄灭了。

她坐在沙发的一角,似乎一切都很好。她略微笑了笑,然后咬紧嘴唇。她一动未动。托马斯以为妈妈也许是生气了。

"小屁孩,我说过你不会有好下场的……"一名男子说道。在那之前,托马斯竟没有注意到。

他正坐在窗前的椅子上,一只手举在空中,指间夹着一支香烟,膝盖上担着猎枪。逆着光,托马斯很难看清是谁,但托马斯听出了他的声音。

"我还以为你不回来了呢。"

"托马斯……"母亲喊着。

"现在轮不到你说话。"那男人的声音像狗熊的咆哮。

他站了起来,向前走了几步。他就是那个偷小犀牛的人。

托马斯想说些什么,但他讲不出话来。

"我和你妈在这里等你好多天了!我们没少聊天。我告诉了她我们在城里的那些事儿。你想知道我告诉了她什么吗?我告诉她:'你的儿子是一个英雄。毫无疑问,你的孩子是英雄。'我觉得你妈喜欢听这个,但你知道吗?英雄也难免犯错,你就犯了好几个。第一个错误就是撬开了车门,让犀牛跑了。"那个男人笑了笑,然后补充道,"最后一个错误就是用我的电话打给你妈。"

有那么一会儿,托马斯根本听不懂他说的话。他试图努力回想,但好像已经是几年前的事情了,那天他摆脱了那个男人,然后就和小犀牛逃走了。那个男人重重地摔在地上。托马斯拿了他的手机,然后他又把手机留在屋顶的一块瓦片下。他到底用没用过他的手机?

"在大纸箱里,在那个储藏室。"他突然回忆起来。

"托马斯真用手机打电话了?他怎么做了那么蠢的事儿?"

托马斯看着他的母亲,她对托马斯微微笑着。托马斯想为他的离家出走向母亲道歉,但他害怕,如果他动了的话,那男人会做出什么事。

"谢谢你,把你家大门给我敞着,"那个男人说,"现在,告诉我,我的犀牛在哪儿?"

"什么?"

"犀牛!它在哪儿?"

"小犀牛在哪儿?"托马斯问自己。

它就在外面某个地方。如果托马斯撒个谎的话,或许还可以救它。

"托马斯,"母亲用颤抖的声音说,"你告诉这位男士,他想知道,知道后他就会走的……"

"这就对了。"男人笑了笑,"听你妈的话。"

"妈妈,他们会杀了它的。"

那个男人把香烟扔到了地毯上,用鞋尖踩了踩。

然后,他从腰带上取下了左轮手枪,并用枪指向托马斯。

母亲尖叫了一声。

"让我给你说清楚点儿,小屁孩。今天得有人死,要么是犀牛,要么是你。或者,说不准,是你妈。"

"按他说的做,托马斯。"母亲坚持地说道。

"妈妈,但小犀牛……他是我的朋友。"

那个男人仰面大笑,然后,他听到外面有人喊道:

"树林里!树林里!它在这儿,在这里!"

那是另一个男人的声音,托马斯通过那人惊慌的语气知道是有人看到了小犀牛。

那个男人放低了左轮手枪,然后走到窗边。

"小屁孩,"他惊呼道,"我不知道你是怎么做到的,竟然把一头犀牛从城里带过来了,这事儿也就是童话书上才有的。"

他远离了窗户,随后,点燃了另一根烟。

托马斯与母亲交换了一下目光,托马斯很想跟母亲解释他们必须得保护小犀牛。

"你们过来吧。"那个男人命令道。

他一只手里拿着麻醉枪,另一只手握着左轮手枪,走过了客厅。

母亲起身把手递给了托马斯,托马斯立刻感受到了她指间的力量。

"对不起,"托马斯低声说。然后,他补充道,"他们会杀了它。"

母亲没有时间回答他,因为他们已经走出了房子,停在了门廊前。另一个男人就在田地中间。当托马斯到家时,他并没有注意到那个人。那是一个年轻的男孩,不到二十岁,他也举着一把麻醉枪。

"那儿,"那个男孩指着说道,"你还以为它跑回树林里了。"

小犀牛在田野中进食,时不时地抬起头来看看他们。

"犀牛生活在草原上,不是树林里。"那个男人举着麻醉枪纠正道。

"我才不想知道犀牛在哪儿生活。"

"那得恭喜你了,你这个自负的蠢货。"那个男人争吵道,"不过似乎比我们想象得更容易。"

"是的。"那个男孩回答说。

然后他抬起了他的麻醉枪,并将它对准小犀牛。

"等等,"那个男人说,"如果让它在那儿睡着,那我们就没法儿把它塞进面包车里了。"

那个男孩放低了麻醉枪,并思考了几秒钟他所听到的话。

"那我们该怎么办?"他问道。

"让我想想。"

他们俩安静地看着那动物。在他们身后,托马斯觉得母亲的手捏了一下他的手。

"他俩看不到我们。"托马斯想,"如果我拉着妈妈,然后跑进房子里,锁上门。再然后,我们跑到另一边,穿过厨房。最后,我们一路跑向玉米地。"

那是一个很好的计划。托马斯知道农场所有可以藏身的地方。那两人永远不会找到他们的,但他不能留下小犀牛。在经历了那么多之后,他不能就那样抛弃了它。

最终,那个男人转向了托马斯。

"它跟你跟到这里的,对吗?"他问道。

托马斯点了点头。

"你觉得它听你的话吗?"

"我想是的。"

"你的意思是:如果你叫它进面包车,它就会照做?"

"我不会帮你把它骗进车里的。"托马斯气呼呼地说。

"你当然要帮。"

"你们不能逼我。"

"我们当然可以。"

他一边说着一边用左轮手枪指向托马斯的母亲。

"不……"托马斯喊道。

田地里,小犀牛再次抬起了头。

"你决定,小屁孩。"那个男人说道。

在他身后,小犀牛穿过草垛,先是慢慢地向前移动,然后,愤怒疾驰,弯下脑袋做着准备攻击的姿势。

托马斯立刻意识到了小犀牛的意图,就在下一个瞬间,那个男人也意识到了。

"开枪!"他朝那个男孩喊道,"开枪!"

那个男孩一转过身,就看到了小犀牛正在迅速地靠近他,他紧张地握着麻醉枪。然后,他抬起了枪杆,对准了小犀牛,即刻开了一枪。

小犀牛在奔跑中跌跌撞撞,但很快就又振作起来。它已经离那男孩非常近了,但小犀牛的身体有一半在杂草中,托马斯无法判断它是否被击中。

那个男孩并没有放下麻醉枪,而是从腰间的袋子里拿出了另一枚麻醉子弹。然后,他跪在地上,准备装子弹上膛。就在下一瞬间,小犀牛突然从杂草里加速冲了出来,猛烈的冲击力把那男孩顶向空中,他重重地摔在地上,再也没有动弹。

小犀牛放缓了步子,走到了那男孩旁边,就好像刚刚击败了对手,在炫耀胜利的奖杯。然而,小犀牛移动的步子有些奇怪,托马斯猜想也许是麻醉枪击中了它。

那男人的眼睛从未离开过小犀牛,平静地把左轮手枪放回他的腰间。然后,他走下门廊的台阶,用麻醉枪指着小犀牛的方向。

"不。"托马斯想。

托马斯迅速拿起了门廊地上的破花盆,砸向了那男人。花盆击中了他的头部,就在同一瞬间那男人也开了枪。子弹打到了小犀牛前面几米的地方。那个男人倒在地上,他试图重新站起来,但又晕倒在地。

托马斯从门廊跳下。他穿过田地,跑到小犀牛旁边,然后叫道：

"走这边！跟我来！"

"托马斯。"他的母亲还在门廊喊着他。

"快跑,妈妈！快跑！"

他沿着小道绕过田野,跑向谷仓。小犀牛就跟在他身后,步履蹒跚,仿佛看不清眼前的路。

谷仓似乎没有因飓风而受到太大损害。托马斯抬起了门闩,打开了门先让小犀牛进去。那只动物不紧不慢地向前走了几步,原地转了一圈,然后就瘫躺在了稻草和土地上。托马斯从里面把门拴上了。

他跪在小犀牛面前,抚摸着它的鼻子。小犀牛舔了舔他的手。托马斯看到一根针头插在了它的一只前爪上。于是,托马斯把针头拽了出来,他疑惑着是否为时已晚,是否麻醉剂已经进入了小犀牛的血液。

他们安静地待在原地。托马斯什么也听不到。他觉得母亲可以轻易逃脱,并回到家里,锁上门,然后再打电话报警。

"我们不能待在这里,"他告诉小犀牛,"那个男人还会进来的。还有,我们得去找我的妈妈。"

"快想想办法,"他想,"快想想办法。"

没有什么解决方法是完美的,从谷仓离开很危险。即使他离开了,小犀牛可能也跟不上他,但原地待着只是在推迟与那男子正面对峙的时间。几分钟过去了,小犀牛闭上了眼睛。随后,外面那个男人说道:

"小屁孩,你别以为你在里面我就没办法了。啥情况都没变。我手上有你妈,你有我的犀牛。是时候换过来了,你自己决定。"

托马斯觉得自己的身体都僵住了,甚至起身都很艰难。他走到了门口,通过门缝向外张望。他看到母亲在田地中间,而她身后就是那个男人。她没有跑掉。或者,她尝试了逃跑,但那男人又把她抓住了。托马斯觉得自己的力量正从身体里逃离。只有一个解决办法:选择救小犀牛还是救母亲,然而他不能不救自己的母亲。

他回到了小犀牛身旁,小犀牛睁开了眼睛。托马斯把手放在了它小小的角上,痛哭了起来。

"对不起,"他低声说道,"我不能照顾你一辈子,你得学会自己照顾自己。"

"我可等不了太久,小屁孩。"那男人喊道。

托马斯抱了抱小犀牛的头,小犀牛舔了舔他的脸。

"你曾经打败过他,"他对小犀牛说,"你可以再次打败他的。"托马斯站了起来,而小犀牛继续躺着不动。托马斯打开了大门,走出了谷仓。

"你做出了正确的选择,小屁孩……"当那男人看到托马斯走了出来时,他说道,"现在让你的朋友进入面包车里。"

"它不能走路。"托马斯生气地说,擦着眼泪。

"什么?"

"是你们用麻醉枪打中它的,现在它就躺在里面,不能动了。"

"你别耍我,小屁孩。"

"按他说的做,托马斯。"母亲说道。

"我没开玩笑……它睡着了。难道不是你们想要的吗?现在,可以放了我妈妈吧。"

"小屁孩,我希望你别耍花招。我可没耐心了。"

那男人放开了托马斯的母亲,走到了谷仓门口,窥视着里面。他看到了躺在干草上的犀牛,满意地笑了笑。

托马斯非常清楚自己在做什么,他的动作只需越快越好。

"你知道吗,小屁孩……"那男人还未讲完,托马斯就用全身的力气把他推进了谷仓,然后,用敏捷的动作,把门闩插上。

刹那间,什么都没有发生。随即,那男人喊道:

"把门打开,小屁孩,把门打开!"

大门猛烈地晃了几秒钟,托马斯想一定是那男人在用脚大力踹门。突然,他停了下来。

无边无际且稠密的寂静让托马斯想起了飓风过境时他在那楼顶的时刻。他感觉到了母亲的手就搭在他的肩膀上,拉着他离开那里。

"我们得快点儿离开,托马斯。"她说。

但托马斯并不想离开,他不能不管不顾小犀牛。

一声枪响打破了寂静,托马斯和母亲都被吓到了。他知道那声音来自左轮手枪,不是麻醉枪。

他们又听到了另一声枪响,两人不由得打起了哆嗦。

随后,他们听到了匆忙而紧张的脚步,托马斯想象着里面那男人跑跳在稻草垛之间的样子。

之后,他们又听到了一声枪响。

还有那个男人的尖叫。

有什么东西硬生生地撞在了门上。

那个男人再次尖叫起来,托马斯觉得他那愤怒的嚎叫甚至都可以冲破大门。

突然间,里面再次寂静一片。沉寂穿过大门,越过田野,蔓向树林、山丘、天空,还有托马斯的身体,好似光线般漫射开来。

托马斯和母亲都纹丝未动——死寂是唯一的存在。

最后,托马斯从母亲的怀抱里离开,走到了谷仓门口。

"不,"母亲说,"别打开门。"

托马斯拿掉了门闩,把门打开了。

一瞬间,他觉得似乎谷仓内并没有什么变化。随后,他就看到那个瘫在地上的男人,还有他软塌塌的身体和满是鲜血的头部。他似乎已经死了。

小犀牛还躺在之前的地方。托马斯跑向它,跪在了它的旁边。

小犀牛动了动它的脑袋,然后把脑袋扎在托马斯的怀里。它睁开了眼睛,然后又闭上了。

"妈妈。"托马斯哭喊着。

母亲就在他身边。她用手碰了一下小犀牛的身体,好像她仍不敢相信那是真的。

"它还好吗?"托马斯急切地问道。

"我不知道。"她说。

同时,他俩看到母亲的双手上沾满了小犀牛身上的弹孔里流出的鲜血。

天空如旧。远处的云朵慢慢地在蓝色的幕布上移动，在山谷的另一边，太阳正在爬山。我的父亲经常会坐在这里，就在房子的门口。每天早上，他端着咖啡杯，凝视日出。有时我会加入他，不过仍是穿着睡衣、赤着脚，坐在门廊的地板上。依旧是同一片天空，它没有一丝丝改变。

树木如旧，有些连根倒下的，但仍有些屹立不倒的。

羊群变小了，幸存下来的十七只羊比以前更胆小了。除此之外，它们跟其他羊群也没什么差别。

山丘如旧，因为没有什么——甚至飓风——能够把这些山丘吹倒。

就更不用提宇宙了。这里发生的事情，对于宇宙来说，微不足道，甚至毫无察觉。

而我的母亲是对的：生活得继续。

我的父亲离开了，但生活仍在继续。

我们到农庄已经三四天了，可是感觉上像是过了三四年。还有很多事情要做:清理车库的泥土、整理田地、砍柴劈柴、每日打两次井水、修理客厅顶上被吹掉的瓦片、采摘没有被损坏的蔬菜、收没有吹落的果子并在它们腐坏之前做成果酱、给发电机找些汽油、照顾羊群和马匹、到周边村庄看看是否有人受伤或需要帮助。

我们了解的情况是这里只有极少的房屋被毁,但几乎所有的房子都多多少少有些破损。许多人和我们一样,都面临同样的情况,都不想放弃房子离开家乡。镇里的警察和消防员分身乏术,他们也需要帮助。我们得互相帮助。我母亲说我们就像一个大家庭。

昨天,我们去了山下的村庄,我见到了卡罗丽娜。她和她的父亲、兄弟在小广场的泉眼那儿给瓶子里接淡水。她看着我,好像不确定我是真的。然后,她拥抱了我好几秒钟,我立刻忘了上周所发生的一切,就像什么都没发生过。

我的母亲打电话给警察并叙述了事情的经过,警察今天早上过来了。他们问了我们一些问题,我们也如实汇报了。之后,警察们带走了那个男孩和男人,以及他们的东西。

他们让小犀牛暂时留下了,解释说还没有办法带它走,也不知道能把它带到哪儿去,因为他们还没联系到动物园或者负责这事的当局。他们说，鉴于目前的情况，案件可能会被拖延，直到有人接管这事儿。

小犀牛就在田间，它正看着我。大大的脑袋，还有鼻子上小小的角。它朝着我跟跟跄跄地走了过来。我的母亲虽然能取出子弹，但伤口很深，小犀牛肯定还很疼。

终有一天它得离开。它不属于这里，但是没关系，我救了它，它也救了我。这才是最重要的。即使彼此远离，但我们将永远在一起。

作者语录

很长一段时间,这个故事都萦绕在我脑海中。这些年来,好几位朋友都给予了我帮助,这才没让它遗弃在抽屉里。

João Lemos 是第一个听我谈论"犀牛故事"的人,他在此基础上创作连环画的热情也给了我很大的激励。

连环画最终呈现出来了。Tiago R. Santos 和 Filipe Melo 的阅读和评论让我相信值得为这个故事而奋斗。很可惜的是,在葡萄牙,人们对于连环画的认知度不够高,很难让那本连环画出版。正是由于这个原因,我想借此机会感谢这个国家所有为连环画而奋斗的人,他们的毅力值得我效仿。

Alex Gozblau 在看了故事概述并听到我抱怨所处的困境后,他鼓励我把这个故事变成一部青少年小说。此外,我感谢他为这本书设计出了如此漂亮的封面。我与 Alex 一起工作是一件非常愉快的事情,这不是我们第一次合作,当然也不会是最后一次。

一如既往,Maria do Rosário Pedreira 在成书的各个阶段都提供了特别的帮助(甚至当这本书还只是一个漫画大纲时)。我们一起完成了很多书籍,我总是强调已经说过很多次的话:没有她,这部小说就不会是现在的样子。

这些年来,Joana、Maria 和 Martim 一直在听我谈论犀牛幼崽的故事,好似它真的存在一样。他们对我的故事抱有无限的耐心,所以他们从来没有抱怨过。要是这想象出来的动物真的在我们家的话,那可能就麻烦了。我非常感谢他们为我做的一切。